聡乃学習

小林聡美

幻冬舎文庫

聡_{サト}乃_{スナワチ}学_{ワザヲ}習_{ナラウ}

聡（サト）乃（スナワチ）学（ワザヲ）習（ナラウ）

目次

深夜、なにがしと

そろそろ寝ようと寝床の脇の灯りに手を伸ばすと、足元にいた猫が突然ガバっと床におりたって、隣の部屋にダダダっと駆けていった。夏の夜のこと、戸締りをし忘れた窓に不審な影でも？　と私も一応身構えて猫の後をそろりと追うのだが、猫の姿を確認する前から、暗闇に不穏な音が響いている。

ジジジっ、ジジジジジっ。

猫は前足を揃えて座り、天井の隅を見上げ、目だけをくるくると動かして集中している。暗闇でジジジジと派手に音をだして、暴走族のようにブンブン飛び回っているのは、体長二、三センチの虫のなにがしであった。日が暮れても呑気に窓を開け放していたので、虫のほうでもなんの警戒心ももたずに来訪し、外界とつながっていた我が家で寛いでいたのだろう。それが突然出入り口が封鎖され、生暖かい扇風機の風がゆらゆらまわっている四角い部屋に閉じ込められたのである。なにがしはパニックに陥った。

「ギャー、なにこれー、閉まってるー。ギャー」

といったかどうかは定かではないが、あの、これ見よがしの、全身アピールの、ジジジジジジという羽の音は、あきらかになにがしの戸惑いと不満の音であった。猫はそんななにがしに飛びつくでもなく、メンタマと首をくるくるまわして、好奇心をためにためている。こういうことには私はなるべく関わりたくないのである。できればアンタたちでなんとかやって欲しいと思う。それなのに、なにがしはギャーギャー騒ぎたててあっちにぶつかりこっちにぶつかり、猫のほうは鼻を膨らませたまままいつまでたってもそれを目で追うばかりである。

虫の殺生はなるべく避けたいと常日頃から思っている。毒のあるものは警戒するし、鉢植えの緑に寄生する輩は申し訳ないが成敗するが、小蠅とか、なんかよくわからない虫は放っておくことにしている。虫は別に好きではないし、怖いとか、気持ち悪いとかそういう感情もまったくないわけではないが、だからといってこちらがギャーと騒いでも事態はなにもかわらない。と長年の精神鍛錬で思えるようになった。冷静に考えれば、我ら人間のほうが彼らよりも何十倍、何百倍どころではないくらいに大きい図体をしているわけで、なにもそんなに怖がる必要はない。まあこれが、大群と人間だったら負けるかもしれないが（想像したくないですね）、今置かれている状況は、虫一対猫一対ひと一である。猫に、

「やっちまいな」

といいつけて、とっとと寝てしまおうとも思ったが、暗闇で戦いの一部始終の音を聞くのも気分悪いし、第一、ああジジジジジジジされたら寝つけやしない。いつまでたっても埒《らち》が明かないので、大きな窓のあるほうの部屋の電気をつけ、なにがしを灯りの方へ誘導し、窓を全開にして、そこから帰っていただく、という方法をとることにした。暗かった部屋が急に明るくなって、なにがしは驚いたのか、電灯にバシバシ全身をぶつけたりして動きが活発になった。猫は全身に緊張を漲《みなぎ》らせ、身を低くしてなにがしの動きに注目している。が、猫のほうもなかなかもったいぶっているのである。なにがしのちっこい目では窓が全開なのがわからないのだろう、と、私は首に巻いていた手ぬぐい（就寝時のいでたち）を、なにがしを窓のほうへ導かんとブンブン振り回した。すると猫は今度は私の動きに目を見開き、身を固くし、おび

えている様子である。深夜、煌々《こうこう》と明るい一室で、虫がジジジジ飛び回り、猫は固まり、女が手ぬぐいをブンブン振り回している。なかなかシュールである。

なにがしはしぶとい。というか、どんくさい。こんなにわかりやすく親切に出口を確保して誘導までしているのに、全く気が付かない。がやって来ていて、観客が「あー！　後ろー！　後ろー！」と思っているのに一向に気づかず調子に乗っておどけている酔っぱらいをみているようである。べつになにがしは調子には乗ってはいないのだろうが。要するに早く気づいてちょうだい！　ということである。だがなにがしは一向に出口に気が付かない。手ぬぐいを振り回しているこちらは、首やら腕やらが張ってくるし、せっかく風呂にはいってさっぱりしたというのに、なんだかすっかり汗ばんでいる。

なにがしは天井に張り付いた。私は手ぬぐいを丸めてそれをめがけて投げた。意外と命中させるのは難しい。猫は固まったまま、私の活発な動きと放り投げられる手ぬぐいを息を殺してじっと見入っている。何度目かの投球の末、ふんわりとそれがなにがしに命中した。なにがしはそんなに俊敏でもないかんじでジジジジと天井から離れ、今度はカーテンにとまった。手の届くところだったので、ティッシュとかでつまんでベランダからほん投げてやるという方法もあった。しかし、なにがしの自主的な退室を誘導するために手ぬぐいで応戦してきた流れで、いまさらティッシュで強制的に捕えるのはなんだかしゃくだった。私は手ぬぐいを持ちかえ、今度は手首をきかせ、鞭《むち》のようにバシッ、とカーテンをはじいた。それにしてもなにがしはどういうつもりなのだろうか。虫ってこんなにぼんやりしているのか。はじかれたカーテンの振動にも微動だにしない。私は、手首のスナップのきいた手ぬぐいの鋭い音にやや酔いしれる感もあり、カーテンをビシビシ叩きつづけた。すると、何発目かのショットがまともになにがしを打ち付けた。なにがしは突然姿を消した。握りしめているのは布とはいえ、もはや鞭と化した武器である。何らかのダメージをうけてなにがしはカーテンの裏とかあるいはどこかその辺の床にすっ飛ばされていることが想像された。もしかして手ぬぐいにからまったか。私は手ぬぐいを広げて表裏くまなく調べたが、なにがしの姿はなかった。消えたなにがしを探すほど深夜の私は元気ではなかった。一刻も早く寝たいのである。ジジジジと不快な音さえさせなければ、それでいいのだ。もしその辺でジジっと、まさしく虫の息でも、あとは猫にまかせることにして、私は窓を閉め灯りを消して寝床に倒れ込んだ。

翌朝、安眠をむさぼりすこぶる機嫌よく目覚めた私は、日課である簡単な部屋の掃除をスイスイこなしていた。昨日の夜姿を消した虫のなにがしの行方が多少気になったが、カーテンのあたりにその姿はやっぱり見当たらなかった。そんなこともあるだろう。きっと猫がなんとかしたのだ。猫は虫とかバリバリ食べることもある。蟬や蜻蛉《とんぼ》をくわえて揚々としている猫の姿は何度か目撃しているし、床に謎の虫の足が一本だけ落ちていることもあった。それか、打たれて飛んだなにがしは弱ったふりをしてとりあえず部屋のどこかでじっとして、ひとも猫も寝静まったころ、そろりそろりとどこかへ滑り込んで未だ息をひそめているかもしれない。そんなことを考えながら、耳の遠くなった老猫が丸くなっている敷物の周りにガーガー掃除機を滑らせた。なにがしはそこにいた。そして絶命していた。その実体はよくわからないが、カナブンなんだかゴキブリなんだかおそらくその類の虫であった。夜の灯りではカナブンに見えたが、脱力しきった背中の甲から茶色い羽が長くはみでたその姿はゴキブリにも見えた。

私は、なにがしはゴキブリであったらいいのにと思った。殺虫剤なしで、ゴキブリと戦った私。それも、手ぬぐいひとつで。深夜、誰にも頼らず、ひとり手ぬぐいを振り回し、鋭い一撃をあたえ、絶命にまで追いやったという事実。それは、私の中に一人前の人間力が備わっているというかすかな自信を呼び起こした。それがカナブンだったらこんな気分にはならないだろう。けなげなカナブンをいたずらに殺生したという罪悪感が残ったに違いない。ゴキブリとカナブンの違いは一体なんだろう。私は絶命していたなにがしをよく見ないでティッシュでつまむと、ゴミ箱に捨てた。

ジブリできゅん

東京の三鷹にあるジブリ美術館は二〇〇一年の開館だそうである。その頃の私の年齢は、今、電卓で計算してみたら、人生のステージにおいて完全なる中年期を迎えていた。

一方、東京ディズニーランドがオープンしたのは、私がかろうじて十代の頃。一九八三年のことであった。オープン時の華やかなキャンペーンや、まわりの同級生たちの浮足立った様子などは今も記憶にあるところだ。テーマパークという聞きなれない単語とともに外国の遊園地がそのまま日本にやって来たというセンセーションは、ディズニーの世界にあまり馴染のない私をも、「ぜひとも行ってみなくては」という気にさせたものである。実際に行ってみると、その異次元とも思えるファンタジーな世界にすっかり興奮し、当時は綴りだったチケットをバリバリもぎってもらい大いにディズニーランドを堪能した。

その後も、新しいアトラクションができたり面積が拡張したりして変化を遂げているディズニーランドだが、大人になって行ってみると、新しくなったところに驚きつつも、昔から変わらない「カリブの海賊」や「カントリーベア・シアター」なんかに入った日には、ひゃぁ〜なんだか懐かしいよー、と胸がきゅんとする。

さあそこでジブリである。スタジオジブリ初の長編映画「天空の城ラピュタ」が公開されたのは一九八六年。日本人ならその名前を知らないものはないであろう「となりのトトロ」は一九八八年の公開である。その華々しい歴史的事件が刻まれた時、残念ながら、もう私はすっかり成人だった。特にアニメ好きではなかったし、大人な私はラピュタもトトロも劇場で観ることはなかった。少し後になって観たジブリ映画は、ラピュタであれトトロであれ、となりの山田くんであれ、ポニョであれ、ジンと心に響く名作であることに気づくわけだが、しかしそれはあくまで大人の視点であって、そこには「ああ、純粋ってこんなことだったな」「こういうことを忘れていたのだな」と今の世の中を憂えたり、汚れっちまった自分を省みたり、未来の希望について考えたり、どこかでそのメッセージを深刻に受けとめようとしてしまっている大人な自分がいつもいるのであった。つまり、ジブリ映画が私の幼少および青年期の情操を育む機会はまったくなかったわけで、ジブリの世界は、いつも大人な私に働きかけるものなのであった。

そんな私が、この夏、初めてジブリ美術館へ出かけてまいりました。行こうよ、と誘ってくれたのは二十代を迎えたばかりの若い友人たち。とにかく、彼女たちの人生には生まれた時からディズニーランドがあって、ジブリ美術館ができたのは小学校二年生、まさにジブリなお年頃だったという信じられないありさまである。ジブリ美術館ができた時すでに中年だった私は、やはりその完成した時の世間の盛り上がりようを記憶している。なんでも、誰もかれもが行きたい時に行けるものではなく、定員制であり、予約をして前売り券を買わなくてはいけないのだという。それもローソンでしかチケットが買えないなんて！　そんな制限がなんだかとても特別な、秘密めいた感じがして、いつか行ってみたいものだなぁ、とおばちゃんがかった私は思ったものである。それからなんだかんだと時は過ぎゆき、十三年経ってやっと想いが実現することになった。

三鷹駅に集合して、緑深い玉川上水に沿って歩くこと十数分、一段と草木の生い茂る井の頭公園に突き当たった。テニスコート脇の道を通りすぎると、明らかにひとの流れが国際色豊かになっていく。みんなジブリ美術館へ向かうひとたちだ。林の奥から賑やかな声が聞こえてくると、どうやらそこがジブリ美術館への入り口のようだ。といっても、そこは「トトロのニセの受付」といわれるところで、チケットブースのガラスのむこうに大きなトトロがいて、そこで、いろんな国の人たちが歓声をあげながら記念撮影をしているのであった。もっと奥にある本当の入り口ではローソンで買った前売り券と引き換えに、ジブリ映画のセルで作ったほんちゃんのチケットをもらう。みんな空にかざして何の映画のセルなのか確かめている。私たちもやってみた。一つはトトロの登場人物サツキが草むらで妹のメイを探しているコマ。もう一つは同じくトトロでメイが縁の下にトトロを発見するコマ。そして私のセルは、誰だかわからない人物が三人立っている。何の映画だ？　若い友人がかざしてもわからないという。気持ち悪いのでインフォメーションのお姉さんに聞いてみると、空にかざして一瞬で「『ゲド戦記』です」。さすがである。私たち三人は誰も「ゲド戦記」を観ていなかった。

美術館の中は重厚な木造で、回廊になっていて、渡り廊下や螺旋《らせん》階段、天井には紙製かなにかの大きなプロペラがゆっくり回っていた。思ったよりこぢんまりしていて、平日だというのに、どの部屋もたくさんのひとだった。こりゃ人数制限しないと大変なことになるわけだなぁ、と納得である。

全体の印象は、思っていたより大人っぽい美術館だな、というものであった。もっと、ジブリ映画のファンがキャーキャー喜ぶオタクっぽいところだと思っていたのである。正式名称が三鷹市立アニメーション美術館というだけあって、ジブリのイラストでアニメーションの歴史や原理を紹介する部屋は充実しているし、アニメーション制作の仕事場の再現はリアルで興味深いし、宮崎駿氏が紹介する絵本の特集の展示は立体的で楽しかった。特に、ジブリ的な視点で選ばれた児童文学の紹介の部屋は、家の本棚を見せてもらうような雰囲気で、一番気に入った部屋だった。土星座というミニシアターではセルのチケットを見せると、十五分の短編アニメーションが観られた（その日は「水グモもんもん」）。そのミニシアターの後方のガラス張りの映写室に鎮座している映写機は芸術品のように美しかった。

美術館では若い友人たちからはおりにふれて「わー。懐かしー」というような発言があったが、私には何一つ懐かしいものはなかった。ジブリの世界はずっと大人の私が見てきた世界であって、いつも考えさせられる世界なのである。美術館には小さな子供もたくさんいて、大きなネコバスに乗ったり降りたりでんぐり返ったりしている。こんな子供たちは大きくなってまたジブリ美術館に来てネコバスや展示のあれこれを見て「懐かしいなぁ」と嬉しくなったりシミジミしたりするのだろう。

ひととおり堪能して、最後にみんなでトイレに入った。無駄に大きくなく清潔で気持ちのよいトイレだった。手を洗おうと洗面台に立つと、私はあるものにはっとした。

それは、洗面台に置かれた石鹸だった。

三つの洗面台の間に二つ。シンプルな受け皿にミントブルーの石鹸だ。それは近代的な洗面台には一瞬不似合いな代物とも思えた。でも、石鹸で手を洗っていたら、なんだかとてつもなく懐かしさがこみ上げてきたのである。今ではこんな近代的な清潔なトイレだったら、他のひとの触れたものに触れないですむ清潔なポンプ式の洗浄液を設置しているのが普通だろう。場末のガソリンスタンドや、廃墟寸前の公民館のトイレならまだしも、世界のジブリ、大理石の洗面台。そこに石鹸である。次に使うひとのことを考えて、きれいに使う。友だちにはヌルヌルの手のまま、はい、と渡す。三つの洗面台に石鹸が二つ、というところが憎い。洗面台が満員になった時、必ず誰かが石鹼を待っている。これこそ、今巻でよく聞く〝シェア〟に他ならないではないか。

思いがけないところで胸がきゅんとした。初めて来た美術館の初めて入るトイレに、まさかの懐かしい記憶が。

これがジブリなんですか。考えて、石鹼なのかな。もしそうだとしたら、ジブリ、恐るべしである。

甘い休日

連休の中日。お天気も良し。さて、なにをしようか。

選択肢はふたつあった。

ひとつめはドコモに行って新しいケータイに買い替えること。

現在使っているのは二〇一一年から使っているガラケイである。これは、当時のガラケイとしては相当画期的で、撮った画像が指で拡げられたり、ページ送りができたりする、プチスマホのようなものであった。インターネットもそれなりに使えるし、ユーチューブだってみられる。これ以上必要な機能ってあるのか？　と、当時の私はギンギンにそのガラケイを振り回していた。しかし、悲しいかな外見の経年劣化が著しい。本体の銀色の縁取りはほとんど擦り消え、いつの間にか蓋部分に亀裂が入っている。折り畳み部分のかすがいを覆ったプラスチックが割れ落ちて下の地金が露出。

ディスプレイ画面は首のすわらない赤ちゃんのようにグラグラしている。残念ながらそろそろ限界か、と新しいケータイに買い替える計画である。ガラケイかスマホかも思案のしどころである。

そしてもうひとつの案は、遠足。

その日頭に浮かんだのは、小田急線で行く大山であった。小田急線の駅に大きく貼り出されたポスター。そこには、紅葉で彩られた大山の美しい景色とケーブルカーが印刷されていて、

「大山を歩こう」

と、そうだ、京都へ行こう的なアピールで道行く我々をいざなっているのだった。

大山は神奈川県の丹沢山地の一端にある霊山で、落語「大山詣り」にもでてくるし、以前から気になっていた。つい最近も、落語好きの友人が大山に行ってきて、参道のお店が寂れてた、とかそんな感想で、そんなにもりあがった様子はなかったけれど、小田急線一本で行けるし、ふらっと一人で出かけるには手ごろなところかもしれない、と考えたのだ。

休日とはいえやらなくてはいけないことは山積みで、できればサクッと気分転換し

て、また仕事に戻る、というのがやはり効率的かもしれない。しかし、ドコモまで歩いて帰ってきても、きっと一〇〇〇歩くらいのものだろうしなぁ。それに、新しいケータイとなったら、その機能についての研究で、またいたずらに時間がすぎていくのだろうなぁ。どうせなら、なんだかよくわからない状況に自分を置いて、考えなければならないことを忘れていた、くらいの振り幅があったほうが、本当の気分転換になるかもしれない、と、ここで私は大山に行くことを選んだのだった。そうと決まったら行動は早い。私はなんとなく遠足装備をして、十五分後には家を出た。

改札口付近には「大山さんぽ」なんていうポスターが貼られていた。

かろうじて午前中の、下りの小田急線はすいていた。余裕で座れ、車中での約四十分、じっくり文庫本まで読むことができた。もし、なにかの都合で今日は大山閉まってます、となっても、この読書の時間の往復だけでもいい休日になりそうだ。しかし、大山って行くひといるのかなぁ。まあ、なんとなく山歩き風ないでたちのひとはちらほらいるようだけれど、きわめて日常的な雰囲気の車内である。

と思って伊勢原駅に到着し、電車を降りると、まあそこそこのひとたちが下車した。伊勢原の駅自体が全く大げさでないので、ここでいいのか、と不安になったが、改札口にはそれなりにひとがかたまっていて、ああ、大山、やっぱりみんな行くのだな、と安心した。しかしよく見ると、そのかたまりは、行列をなしているのだった。も、もしかしてこれは……。そう、なんとこの行列は、大山に行くバスに乗るための行列だったのである。それも、生半可な行列ではない。ディズニーランドのイッツ・ア・スモールワールドの一時間半待ちくらいの分量である。時は金なり。私は金にものをいわせてタクシーで行くことを即決した。それでもタクシー待ちは七組ほどいた。そして、待てども待てどもバスもタクシーも全然、全く、その気配すら見えないのであった。バス待ちもタクシー待ちもその列はどんどん長くなる。行きでこの分量のひとということは、帰りもこの分量のひとが移動するわけで、すると帰りもこの状況になるということだろうか。そうだろう。しかし、そうなると、逆に妙な挑戦心がわきあがり、上等だ、このレジャー戦争、巻き込まれてやろうじゃないか、と、私は腹を決めた。すごいな大山。人気だな。高尾山ばかりが人気の山ではなかったな。

五十分並んでようやく私のタクシーが来た。こんなにたくさん並んでいるのに一人で乗るのは申し訳ないと思って、後ろに並んでいた若い中国人カップルに相乗りをお誘いしたら、特に表情を変えずに一緒に乗り込んできた。日本語は話せないようだ。

バスも来ない、タクシーも来ない状況は、町を抜けると理解できた。とにかく、大山への狭い道が延々と渋滞しているのである。山に向かおうにも、駅に向かおうにも、車は動きようがない。タクシーの運転手さんに、歩いたほうが早いと言われて降車。参道の入り口までそこから徒歩四十分だそうだ。中国人には一五〇〇円もらった。

びっちりつまって動かない車の脇を通って、延々と続く山道を歩いた。みるみる汗まみれになって、脈拍もすごいことになってきた。私のような状況のひとも少なくないようだった。中にはお年寄りもいた。辛い。辛いよー大山。しかし、本来の大山詣りはこんなものではすまなかったはず。江戸時代は、大山に登るのに、隅田川でまず水垢離《みずごり》をして、歩いてここまで来て、おまけに大山にはいっても「良弁滝《ろうべんだき》」で全身清めて登山したそうだ。こんなちゃらちゃら車で上まで来るなんて贅沢贅沢、と急に信仰心が目を覚ました。やっぱり霊山を歩くとこんな殊勝な気持ちになるのか。まったくゴールが見えないまま無心で歩いていると、あーっ！　良弁滝の看板が！　私はゼイゼイいいながら橋を渡って良弁滝に近づいた。これか、これがあの滝か！　と私はロンドンのアビーロードスタジオを拝んだ時に似た気持ちでその滝を見上げた。いかつい龍の口から水が落ちてきていた。滝は北斎や国芳の浮世絵で見た印象より全然小さい。あの浮世絵の滝の大きさは、やはり、当時のひとたちの信仰心の篤さなのかなぁ。落語にでてくる長屋のみんなもこの滝に打たれたのかなぁ。しばし感動して滝を見上げていたら、すっかり体が冷えた。寒い、寒いよー大山。

しかしすぐにふたたび汗まみれになって、やっとこさ参道の入り口らしき広場に到着。そしてそこにはまた驚きの光景が。ものすごい人が並んでいるのだ。そう、帰りのバス待ちのひとたちだ。伊勢原の駅前よりすごいことになっている。

これは、大変なところに来てしまった。帰ろうにも帰れない。ここは山なのだ。スニッカーズも水筒も防寒具も汗拭きタオルもないのだ。大山は散歩するようなところではないのだ。ガチで歩かねば（登らねば）ならないのだ。ケーブルカー乗り場までの参道は、延々と階段が続き、初詣くらいのひと混みだ。汗まみれで乗り場につけば「一時間待ち」との看板が。おい！　これは風邪をひきますね。私はそのままタッチ&ゴーで参道を下り始めた。下り始めて間もなく、参道の途中からもう帰りのバスを待つ列が始まっていた。

二時間弱並んで、ようやくバスに乗ることができた。寒空の下延々待ち続けたことを考えれば、車内は暖かく、座れなくともありがたいのだった。すっかり日は暮れていた。

結局、歩いて歩いて登って登って汗かいて冷えて歩いた一日だった。憂さ晴らしに、帰りに駅前のドコモに寄って新しいケータイを買ってやろうと思ったけれど、こんなみじめな気持ちをしみじみ味わうのもなかなかいいかも、とそのままとぼとぼドコモショップを通り過ぎた。

何たる休日。そう、今日は休日なのだ。おまけに世の中は連休だったのだ。甘い。私が甘かった。あらゆる面で甘かった。ただ、これは間違いなくモーレツな気分転換にはなったのだった。

電脳事情の今

後半生の趣味として一躍スポットライトを浴びた、俳句。毎月一度の句会には、七名のレギュラーメンバーと、一名の毎回違ったゲストが顔を寄せる。レギュラーの中にはフィンランド在住のメンバーもいて、彼女とはスカイプを使って生中継している。季節感の異なる国での句作はきっとなかなか大変だと思うが、彼女にとって日本の四季に思いを馳せることはきっと刺激的なことだと思うし、日本側にとってもスカイプという電脳を通してのコミュニケーションは、少なからず緊張感があっていい。なにより爆発的に元気な彼女の姿を、毎回見られるのが嬉しい。

スカイプという便利なものがある、と初めて耳にしたのは、たしか、映画「かもめ食堂」の撮影で、それこそヘルシンキでロケをしていた時だ。片桐はいりさんが、グアテマラ在住の弟さんとはスカイプで電話をしているとおっしゃっていた。なんでもスカイプは通話のみならず、テレビ電話も、チャットもできるそうだ。おまけにそれらには全くお金がかからないと。新しいものに敏感なひとが比較的多く集まっているかもしれない映画の現場は、ああ、スカイプね、みたいな雰囲気だった。世界のあちこちに、友だちや家族や恋人なんかがいるひとたちの間では、どうやらスカイプで電話なんかは当たり前のようだった。へぇ〜。そんな便利なものが。へぇ〜。タダで。へぇ〜。と電脳関係にあまり貪欲でない私は、里山のばあちゃんみたいに感心しつつ、そんなうめぇ話、おっかねえ、と、身を強張らせ聞いていた。しかし、日本に帰って自分のノートパソコンを開けて見ると、画面のフレームの上のほうに小さな穴らしきものを発見。どうやらこれが例のカメラらしかった。ニューヨークに住んでいる友人にメールでスカイプのことをチョロっと書いたら、アカウントをとれとれとれとれいうので、里山のばあちゃんもおそるおそるアカウントを開いて、そのスカイプとやらの洗礼を受けたのであった。ノートパソコンの画面には一年に一、二回会うくらいしかできなかった友人が、愛犬と共にニカニカ笑って手を振っていた。しかし、やはり、性格的に、家で限りなく弛んでいる時にわざわざ映像付で通話するのはしんどい、と、私用のスカイプ活動は二〇〇四年の参入とほぼ同時期に自然に消滅していったのであった。ちなみに、スカイプが開発されたのは二〇〇三年、フィンランドの隣国といっていい、エストニアの首都タリンだそうだ。タリンはヘルシンキから高速船で約一時間半、私も二度ほど行ったことがある。なんでもお酒が安く買えるとかで、わざわざお酒を買いにヘルシンキからタリンまで日帰りで買い出しに行くフィンランド人も多いらしい。一応海外旅行ですよねこれ。旧市街地で食べたエストニア料理の、ライ麦パンとバターは最強の旨さだったし、肉も魚も野菜も、どっしりと風味がよくてとても美味しかった。しかし、エストニアはそんな観光産業とカクヤス的酒販売だけで喜ばれているだけでなく、IT産業がものすごいらしい。なんでもヨーロッパのIT市場のオフショア開発の拠点になっているとか。そのオフショア開発の賜物《たまもの》のひとつがスカイプなわけであるな。とにかく、エストニアについてはまた別の機会にのべるとして、ここで注目すべき点は、私のスカイプ参入が、スカイプがタリンで産声をあげた翌年の二〇〇四年であるということだ。これはもうすごい喰いつきではないか。ほぼ最先端である！　電脳関係に貪欲でないとはいえ、この新しい時代の流れへの無難な乗り方の見事さは、我ながらあっぱれである。しかし、そういった塩梅《あんばい》で私のスカイプは自然消滅した。乗るのが早ければ落ちるのも見事に早かった。

黙っていないのはニューヨークの友人だ。テレビ電話が面倒ならば、ツイッターという面白いのがあるんだけど、知ってる？　やろーよやろーよやろーよ、とまた積極的なお導きが。そーなの？　なんなの？　どういう仕組みなの？　と、里山のばあちゃんは今度もおたおたとツイッターのアカウントを開き、ちんまりとパソコン前に鎮座して、浮き上がる一行二行のコメントに、カタカタっ……カタカタっ……とこれまた、どーでもいいようなことを打ち返したりした。しかし、どうしても、その「つぶやき」という徒然なる世界には馴染めず、ほどなく撤退。さすがに、友人からその後世界中を網羅するフェイスブックへのお導きは、もうなかった。

しかし驚くのは、こういった電脳重宝ツールが世に出始めたのは、まだほんの十年そこそこということだ。スカイプが二〇〇三年、ツイッターが二〇〇六年、フェイスブックが一般的になったのは二〇〇七年だそうだ。それってつい最近ではないか。十年前といったら私は三十代後半。三十代後半、四十でこぼこといったら、そろそろニンゲン頑固さが出てくるお年頃だ。電脳好きなひとだったら、固くなりつつある頭と格闘しながらツイッターやフェイスブックに参入するだろう。そんなもんいらん、という頑固おやじ気質だったら、ほとんど関わる機会もないだろう。私はいわずもがなのおやじタイプだった。おやじだったがツイッターやフェイスブックに関わらずとも、今まではなんとか社会からつまはじきされることなく生活できている。ただ、最近の生放送のテレビ番組などでは、ほとんどが「ご意見やメッセージをメール、ツイッターでお待ちしてまーす」としていて、視聴者がどんどん番組にツイートしているのを見ると、ああ、ツイッターというものはもう特別なものではないんだなぁ、としみじみ思うのだった。そして、これからは、番組に意見するひとたちというのは、ツイッターをするひとたちがメインとなっていくのだろう、自分はツイッターのようわからんお年寄りになっていくのだろう、という素直な感想を持ったりするのだった。

去年末、私のガラケイの首があまりにグラグラしているし、塗装もハゲハゲであまりにみすぼらしかったので、いよいよ買い替えようということになった。そしてあまり考えずにまたガラケイを買ってしまった。新旧同じ会社の機種にしたので、操作にも特に困らず快適にピカピカのガラケイ生活である。ただ、自分の中に、この変化のなさ、進歩のなさに抗う私がいた。いいのか新ガラケイ生活。ボロいものがそんなに嫌いではない性格なので、きっとまたボロくなるまでこのガラケイを使い続けるに違いない。その間にもきっと、電脳の世界はめくるめく変化をとげ、ガラケイの民をよせつけない勢いとなるのであろう。そんな電脳の弱者ガラケイの民もなにかひとつくらい新しいことに挑戦しようじゃないか、ということで、iPad mini を購入した。これは面白いね。こんな薄っぺらいものでいろんなことができるのだね。といっても買って三日間は、画面を動かすことすらできず（スワイプさせるということを思いつかなかった）、買ったお店に持って行って三時間特訓を積んだ。おかげでメールに動画まで添付できるようになった。中でももののすごい進歩が、インスタグラムへの参入である。現在フォロワー5という、小気味いいほど小規模なものだが、華やかな電脳の世界をいろいろ覗かせていただいている。それから、現在俳句会でなくてはならないものとなったスカイプ。これも iPad mini でふたたび利用できることに。久しぶりにスカイプをダウンロードしたら、昔のアカウントがそのまま残っていた。つながるメンバーは十年前と同じ三人。こちらも小規模だ。今度の俳句会には、約十年ぶりに私のスカイプからフィンランドに通信してみよう。

なんともつたない私の電脳事情だが、老後、メールとスカイプが使えて、落語のチケットが電脳で買えるくらいには、電脳力をキープしていたいと思う。つくづく。

写真は発酵す

放っておくととんでもないことになっているのが、写真である。

とんでもないことというのは、ひとつは増え続けるということ。写真というものが紙だった時代、ちょうどバブルな青春時代、街で撮り、旅で撮り、仕事場でも部屋でも撮り、その数はまさに膨大である。そろそろ老後への軽いステップとして、それらを整理したい。写真の整理は精神力と体力が必要で、始めるのなら一刻も早い方がいいのだろう。が、なかなかそんな時間はつくれない。つくれないまま、たいていは人生大詰めになってしまうのだ。かといって、勢いあまって早いうちから整理すると、「ああ、あの写真は残しておけばよかった」と後悔することもある。今は、なんといっても電話で気軽に写真が撮れ、大量の画像をコンパクトに保存できる。スペース的には紙で保存するより場所はとらないが、分量的には紙以上のものになっているに違いない。デジタル写真はいまだ整理したことがないが、目につきにくい分、整理しないままどんどん増え続けそうだ。

とんでもないことのもうひとつは、いつかの写真が、ある時、まさか、というほど昔のものになっていることである。最近久しぶりに自分が生まれた頃のアルバムを見て仰天した。いったいこれらはいつの時代じゃい。写真は紙に焼かれているが、白黒、サイズも妙に小さい。そこに写っている幼子はベリーショートで、浴衣を短く着て、長靴を履き、草ぼうぼうの広大な空き地に嬉しそうに仁王立ちしている。またある写真は家の前のまだ舗装されていない道で、ノースリーブのワンピースにサンダル履きの母親に抱っこされベレー帽を被った幼子。その幼子の視線の先には隣の家で飼われているらしい鎖につながれた小熊が。熊!? 確かに! しかしなぜ熊が? とにかく、大きさも色も、今とは全く形態の異なるそれらの写真に写っている幼子は間違いなく私であり、そのアルバムは今までも何度も開いて見ていたはずである。しかし、あらためてそれらの写真を見た時、それらはとんでもなく遠い時代の風景であることにびっくりしたのであった。それはそうだ。これらの写真はほぼ五十年ほど前のものなのである。はぁ〜。五十年。五十年前といったら当たり前に半世紀前である。とにかく写真は昭和の真っ只中、全体的に土埃感が漂う。こんな大昔に私は生きていたのだ。そしてもっと時間がたったら、これらの写真はもっともっと大昔になっていくのだ。

ぎゃお。

写真は、たいてい、その瞬間に驚いたり、感動した時に撮りたくなるもので、さまざまな経験をしてきた大人になると、残念ながらそんな瞬間が少なくなるものである。おまけに年を重ねるごとに写真に写った自分を見るのが嫌になる。昔、母親や親戚のおばちゃんとかがカメラを向けると嫌がったのが、最近になってよくわかるのであった。こんなはずじゃない！　こんなにたるんでない！　こんなに疲れた顔してない！　こんなに母親と似ているはずがない！　と、大人は出来上がった写真を見て思う。それにくらべて近頃の若者は、己を撮るのが好きなようだ。若者にとっては己の姿こそ、驚きや感動の対象なのだろう。意外とこの角度がイケてる。今日の髪型は完璧。確かに、自分の姿形に飽き飽きするほど、まだ人生長くやってきていないわけで。

そんな、めっきり写真を撮る機会も少なくなった人生後半に突入したこの頃、はからずも爆発的に写真が増える、という事態が発生した。それは、若者たちと三人で出かけた旅行であった。

行先はオーストラリアの世界遺産、ウルル（二〇一九年十月二十六日から登頂が禁止になりました）。エアーズロックといった方が通りがいいかもしれない。なぜここで、なぜ若者と三人旅だったかというと、私が以前から、なんとも不思議な景色のこに行ってみたかったというのと、旅人三人は学友であり、この旅は卒業旅行であったというわけだ。五十歳目前で大学を卒業した私は、二十二歳の娘さん二人と連れ立って、ここ、地球のヘソを目指したのであった。私は彼女たちの親御さんとほぼ同じ年齢であることを自覚しており、彼女たちにもよく言い聞かせていた。「いい、みんな。私はもうすぐ五十。無理はしません。くれぐれも優しくするように」と。彼女たちは、小さい頃から親御さんに連れられて、ハワイだなんだと海外旅行を経験している世代である。英語だって小さい頃から勉強しているはずだし、私は本当に気が楽だった。実際、彼女たちは、友だちだけで海外旅行をするのは初めてという初々しさながらも、買い物をするのも、レストランで注文するのも、バスの行先を調べたり尋ねたりするのも物怖じせず、心強かった。私たちは行きの飛行機の中から写真を撮ってははしゃぎ、巨大なチョコレートケーキのようなウルルやもう一つの奇石群カタ・ジュタののけぞるほど聳《そび》える高さに大興奮してはバシバシ写真を撮った。三人ともそれぞれデジカメを持ってきていたけれど、画像の感じがカメラによって微妙に異なり、結局小ぶりな望遠レンズがついたデジカメの画像が抜群に良い、ということになって、そのカメラを持ってきた学友がほとんど写真係となった。そして晩御飯の時に、その日撮った写真をみんなで見ては笑ったり、感嘆したりした。それまでもそのメンバーでご飯を食べにいったり、温泉にいったりしたことがあったが、たぶん、私が写真に対して消極的なのを察してくれてか、こんな写真大会にはならなかった。日常を離れる解放感とはこういうことか。この壮大な景色を前に三人でいるという非日常。彼女たちにとっては、友だち同士で初めてこんなに遠くまでやってきたという興奮。若い学友たちの素直で元気な発言や行動は、半世紀前に生まれた私までをも、素直で元気にしてくれた。そんな素直で元気な日々の瞬間を、写真係の学友はガハハと笑いながら撮り続け、写真の出来の良さを自画自賛した。

ちょうど私が彼女たちの年の頃、仕事だったが、中国の雲南省を目指して四十五日間の旅をした。その時の旅はとても過酷で、飛行機で香港から四川省の成都に入って、そこから車で大陸を延々と西へ向かった。当時の中国はまだまだ排気ガスや土埃が舞い、買い物をすればおつりはほっぽり投げられ、男も女も道に痰を吐いていた。先々の宿泊所は電気がなかったり、水道がなかったり、寝床のシーツはいつ替えられたのかわからなかったり、母屋から離れたところにあるトイレには蛆虫《うじむし》がわいていた。バブルに沸いていた日本を離れて旅した中国は、いちいちカルチャーショックの連続で、それを受け止めるのにとても体力を消耗し、いつも具合が悪かった。そんなだからホイホイ写真を撮る気分ではなかったけれど、それでもひと月半、ボチボチ撮っていたら、相当数の写真になった。大変な旅はその後も何度かあったけれど、あれほどものすごい旅は後にも先にもない。その旅で、電気や水道、お湯のある暮らしは当たり前でないこと、多少の泥水を飲んでもひとは生きていること、想像もしないところで、想像もしない暮らしをしているひとがいること、などなど、たくさんのことを知った。それらの写真には、毎日衝撃をうけつつも、健気に旅を続けた二十三歳の私が見た景色やひとが写っていた。

若者との三人旅で、久しぶりにたくさんの写真が増えた。写真係の学友の撮った写真は、どれもいい写真だった。USBに入れて渡されたその旅の写真は膨大な量で、それまたもや老後の身辺整理の憂いの種となるやもしれない。だが彼女たちにとってそれらの写真は、きっとまだ始まったばかりの人生の思い出のストックである。彼女たちが五十歳になってこれらの写真を見た時、どんなことを思うのだろう。おばあちゃんになった私は何を思うのだろう。

そう、放っておくとどんでもないことになる写真は、放っておけばおくほど、後になってとんでもなく味わい深くなるということも忘れてはならない。半世紀前の私、二十七年前の旅、そして今回の旅。もう少し寝かせておくのも悪くないかも。

生易しい田舎暮らし

撮影で長野の原村に滞在している。この界隈には会社の山荘があったりして、二十年近く前から馴染みのある場所である。その山荘には友だちや、家族、犬と二人きり、または猫たちと共に滞在して、だらだらしたり、外で魚やさつま芋を焼いて食べたり、草取りをしたり、チューリップの球根を植えたり、薪ストーブを焚いたりして過ごした。ここ数年は、めっきり訪れる機会が少なくなってしまって、しばらくこのあたりとはご無沙汰状態だったのが、今回の仕事でたっぷり三週間、ただしその山荘でなく、そこから目と鼻の先の小さなホテルに泊まって仕事場にでかけるということになった。

やっぱりいい。気持ちがいい。東京よりも少し季節の移り変わりが遅いこのあたりは、朝晩はまだ肌寒い春の終わりかけで、山桜が咲いているし、ちょっと生長してのつぽになったタラの芽やコシアブラの天ぷらも美味しい。そして、雨が降ったり風が吹いたりしながら、日々少しずつ少しずつ緑が重なり合って濃くなっていくのが部屋の窓からも見ることができる。三週間という期間限定だと思えば、世の中のニュースや賑やかなテレビ番組からすっかり離れても、なんの障りも焦りもない。気になるのは天気予報だけだ。最高気温はどのくらいになるのか。最低気温は？　雨は何時ごろから降るのだろう。気まぐれな山の天気の情報さえなんとなくわかれば、電気や食事の心配のない山のホテル暮らしは安心で快適なのだった。

たくさんのひとや車、排気ガスやら大きな音に囲まれて暮らす毎日を過ごしていれば、鳥の声やそよぐ風、きれいな空気、目に気持ちの良い緑の中で暮らすのは、憧れである。そんな暮らしが自分好みの設《しつら》えであれば言うことないだろう。私も山荘ができたときは、国内外の田舎暮らしの本やインテリア雑誌などを開いては、その住まい方にあれこれと夢を膨らませたものである。玄関は外国みたいにマットを敷いて靴のままリビングに続いている感じで。デッキでお茶を飲むのはこのテーブルで。しかし、山荘に愛着をもって過ごしてみれば、自然の中にひとが暮らすということは、ただのおしゃれごとでは済まされないという当たり前のことに、ほどなく気づかされるのである。

まず掃いて捨てるほどの虫たち。謎の小動物。玄関はどうやっても靴の裏についた土でどろどろになるし、デッキに吹きさらしのテーブルや椅子は土埃やら鳥の糞やらで雑巾で拭かないと座れない。現実の山暮らしはインテリア雑誌の世界のようにはいかないのだった。それでも愛犬はここの暮らしを手放しで歓んでくれるに違いない、と犬を連れて山荘にでかければ、大自然の中とはいえ、のべつまくなしに犬を放せるわけではなく、幹線道路には都会以上にスピードを上げた車がビュンビュン通るし、別荘地内の区画道路にも作業中の軽自動車や地元民の車が不意に通り過ぎる。山道に入り込めば迷って帰って来られなくなるとか、熊出没！　という危険もある。熊でなくとも藪《やぶ》から突然村人出現！　という状況もある。つまり、自然の中でも犬のリードを放してはならないのだ。大自然の中で、ギンギンに前のめりな犬のリードに引っ張られながら、緩やかな坂道を延々と下り、帰りは延々と登らなければならない。汗だくで山荘にたどり着けば、泥まみれの犬の体や足を、絞った雑巾で丁寧に拭いて家の中に入れる。雑巾の枚数も都会の倍以上だ。その後始末も然り。庭に放しっぱなしの犬ならともかく、家の中で愛犬と暮らす田舎暮らしは、人間のほうに都会以上の労力が必要とされるのである。さらに日常の買い物は車をださないとできないし、灯油や薪が切れたり、水道管が凍結したりすれば生死に関わる。とどのつまり、自然との暮らしは、体力勝負、真剣勝負なのである。

そんな真剣勝負を実践した女性に、フィンランドの画家であり作家のトーベ・ヤンソンがいる。彼女は、ムーミンの作者として有名だが、彼女の著書『島暮らしの記録』には、ヘルシンキの東の岩礁群のクルーヴハル島に小屋を建て、毎年夏、母親と友人、猫と過ごしたそこでの暮らしぶりが記されている。私も一度その島を訪れたことがあるが、そこは島と言っても、三百六十度見渡せるほどの小さな岩盤で、小屋の大きさも畳でいったら十二畳ほどだった気がする。そこにキッチンと机とベッドが設えてあり、トイレやサウナは外である。もちろん水道も電気もない。水や食料はボートで運びこみ、蓄えて過ごしたのだろう。訪ねてくる人もいなければ、遊びに行く場所もない。外部との通信手段には無線というものがあったものの、これは立派なサバイバルだ。そしてフィンランド人の大好きな森でなく、誰も寄りつけない海の上に小屋を建ててしまうあたりが、トーベの数寄人《すきびと》たるところである。海の上は、穏やかな日もあれば、荒れ狂う日もあるだろう。雨や風や雷が小屋に襲いかかる時トーベは、どんなことを考えて過ごしたのだろう。そして、この上なく平和で静かな海を見る時、どんな気持ちになっただろう。農耕民族の日本人の私から見れば、岩の上での暮らしは想像を絶する。一九六四年から一九九一年までの二十七年間、トーベはその岩の島の小屋で夏を過ごした。

そして、日本にもまた、そんな真剣勝負をした女性がいた。『クマのプーさん』『ピーターラビットのおはなし』などの翻訳や『ノンちゃん雲に乗る』などの児童文学で知られる石井桃子さんである。戦前から児童文学の翻訳や出版社で編集者として働いていた石井さんは、一九四五年、中学生の甥、友人とその小学生の娘と四人で東京から宮城県に移り、開墾して農業や酪農を始める。終戦直後のことで、この時期は日本中みんな、いろいろな事情でいろいろな暮らしをしていたことだろう。石井さんは東京を離れ、友人らと新しい家族をつくって自給自足の生活を選んだ。移住は戦後の深刻な食糧難が大きな理由らしいが、畑の作り方や、牛や山羊の飼育の仕方を近所のひとに教えてもらったり、自分たちで研究したりして、田舎での暮らしに真剣に挑戦していたのである。一緒に移り住んだ友人が体格のよい女性だったとはいえ、女性二人だけで畑を耕したり牛の乳をしぼったりする生活は、かなりなサバイバルだったのではないか。食べさせなければならない子供もいるし。実際、酪農でかなり苦難し、二年後には東京の出版社で再び働くことになったのだった。そんな石井さんの開墾生活は、『山のトムさん』という物語になっている。『山のトムさん』はフィクションであるけれど、そこに描かれている暮らしは終戦の暗い影を感じさせない、伸びやかで心温まる物語である。

この二人の女性と自然との真剣勝負は、国も時代背景も異なるけれど、奇しくもトーベも石井さんも、児童文学に関わりが深く、また生涯独身であった。結婚しなかった理由は、それぞれあったに違いないが、きっとどちらも力仕事など男性の手助けが必要なこともあったろう。けれど基本的な暮らしは女たちだけで頑張っていたところがあっぱれ！　と思うのだ。彼女たちは妻とか母とかいう女性の役割を超えたところで、精一杯、のびのびと生きていたのではないかと想像する。また、一つ屋根の下で暮らす家族の形も、今でこそシェアハウスなんてものが登場したりして進化を見せているが、トーベも石井さんもフレキシブルで先進的である（むむむ。あるいは原始的？）。

こんな風に、自然と真剣に向き合って暮らしていくのは覚悟がいる。ちょっと間違えば死ぬかもしれない。でも、そんな真剣勝負は、彼女たちのささやかな日々の暮らしにうまく馴染んでいるのだった。毎日が真剣勝負なんだけれど、愉快で豪快で優しい。そんな覚悟と勇気を持って自然の中に暮らせるなんて本当に凄いことだと思う。ちゃらちゃらしたインテリアがどうしたこうしたは、命がけの真剣勝負には二の次である。

三週間限定の山暮らしは、安全安心な環境だ。ヘアドライヤーや湯沸かしポットがなくても、部屋のお風呂が小さくても、命に別状はない。すこぶる生易しい暮らしである。

五十過ぎたら順不同

「五十過ぎたら順不同」とは、尊敬する俳句の先輩でもある小沢昭一さんがおっしゃった言葉である。私はこの言葉の意味を、まったく都合よく勘違いしていて「五十過ぎたら、先輩後輩もないから、先輩を気にせず大いにやりたまえ！」ということだと思っていた。ところが、その本当の意味とは「五十過ぎたら、倒れる順番は年齢に関係ない。用心用心」ということだったらしい。つまり、五十まで生きたら御の字、これからはその身に何が起こっても不思議はないのだぞ、ということなのだ。

自分が五十になって思うのは、「こんな未熟モノで申し訳ない」ということである。この感想は、程度の強弱はあれ、三十になった時も四十になった時も同じであった。五十になってもそう思うということは、おそらく還暦を迎え、古稀、傘寿の声を聞いても変わることがないのかもしれない。

人間に完全なるものがないことを考えれば、いつまでたっても未熟なのはあたりまえなのだが、順不同であの世にいかれた先人たちを、今あらためて見てみれば、ええっ！　あの立派な大人たちは私くらいの年齢で！　という気持ちを禁じ得ない。五十歳で召されたスティーブ・マックィーン、マイケル・ジャクソン。グレース・ケリー、美空ひばり、石原裕次郎、三波伸介は五十二歳。どこから見てもオトナな女性、森瑤子、向田邦子、有吉佐和子、安井かずみも五十代前半で逝去されている（敬称略です）。そんなふうに、早くに天の星となった人々は、自分の命の力をブワっと一気に出し尽くして今生の使命を全うしたのであろう。時間が短いからその色も濃く、私たちに残す印象も非常に強烈である。ただ、短いから凄いとか、長いから薄いとか、命の力はそんなふうに評価できるものではないわけで、今生の使命もひとそれぞれに違いない。長く生きてコツコツじわじわやっていくひとアリ、全開バリバリのままグイグイいくひともアリだろう。いずれにしても、誰もが自分の命が明日はどうなるのかわからないで生きている。そしてその命も、体あっての、ということなので、なんとか体の機嫌が悪くならないよう、様子を見い見いやっていかないとならんというわけである。残念ながら、体の強い弱いは生まれながらにして、または生活習慣で、ある程度の可能性というか、力量の限界はあるだろう。けれど、そこをなんとか、医者とかそのようなものにお世話になる前に、自分でできることはしたほうが後々大事になりにくいだろう、と健やかな体を願って我々はいろいろ手をうつのである。というか、特に、五十を迎えて、そのへんはちゃんとしないといかん、と思うのである。

そもそも、ご高齢者はなぜにジムやプールで体を鍛えているのか、うら若きころの私はまったくその意味がわからなかった。体力をもてあます若者ならいざ知らず、日常のあれこれをこなすだけでも、相当お疲れになるだろう。そこをわざわざジムくんだりまで出かけて何キロもの負荷をかけた棒を持ち上げたり、額に血管を浮き上がらせながら上半身を起こしたり、反対にのけぞったり、自転車こいだり。そんな辛いことをしないで、公園で鳩に豆をやったり、近所を散歩して俳句のひとつでも詠んだりして、ゆっくり過ごしてくれればいいじゃないか、と。

しかし、その謎は五十の峠を越えてすぐに解き明かされたのだった。ある日突然、私の右膝は、歩くたびに、「パキっ、パキっ」と謎の音を発するようになった。それもかなり大きい。人気のない夜道など、あたりに不気味に響き渡った。日頃からどこも鍛えていない私は、これはいよいよ大腿筋の衰えに違いない、と思った。同時に、放っておいたら歩けなくなるかも、という危機感を抱いた。五十代は、そんな予感に満ちているのだ。筋肉つけないといかん、と思い立ち、でもジムに通うのは苦手なので、自力で筋トレ、といっても立っている時に太ももやお尻に力を入れるとか、寝る前のスクワット十回とか、その程度のことを一週間ほど続けた。するといつの間にか膝から音がしなくなった。ああ、これからはこういうことを続けないとならないのだな、と思った。そして、ご高齢者がジムで体を鍛えるのは、体を、心に近づけるためだったのだということに気づいた。つまり、心（頭）は昔とたいして（本当はまったく！）変わらないのに、ある時腰が痛いとか、足がおぼつかないとか、体の経年劣化を実感する。そのギャップを少しでも埋めたい、と鍛えているに違いない。鍛えることでそれまで具合の悪かった足や腰が軽やかになっていくのは、マインド方面においても大きな励みになるのではなかろうか。こんな話は、お若いかたにしても、なんのことやらさっぱり、ということでしょうけど、あと十年二十年たってごらんなさい、はっ！　コバヤシさんが言っていたのはこのことか！　と目からウロコが落ちる時がくるでしょう。

目からウロコといえば、近ごろウロコどころでなく火花が散るようなできごとがあった。夜中にトイレに起きた。トイレに起きること自体は別に老化現象ではないだろう。子供のころからそんなことはしょっちゅうあった。オバケ怖さによく弟を起こしてトイレについてきてもらったっけなぁ。よく一人で行けるようになったなぁ。……としみじみしている場合ではない、そう、五十の私は、とっくに暗闇への恐怖も克服して、一人もそもそと床をぬけると、勝手知ったる部屋の間取りを朦朧《もうろう》とした足取りで進んでいた。ここを曲がると廊下でトイレのドアは右手にあるのだ。暗闇の奥行き、幅など、道筋は見えずとも習性というか本能というか、その距離感は体が覚えていて、半分夢の中、ほぼ半目で白目の私は、その廊下の入り口にさしかかった。そして次の一歩を踏み出した瞬間、顔面右側に縦に衝撃が走った。私の白目の奥には金色の火花が散り、体は後方へのけぞった。私の白目は暗闇の中で完全なる黒目に戻っていた。黒目に戻ったばかりでなく、眉のあたりが妙に熱く唇の裏に鉄臭い味を感じた。ド、ドアが、いつも全開にしているはずのドアが、その夜に限ってなぜか半分閉まっていたところに、寝ぼけなりに力強い足取りで、顔面から突っ込んだのだ。眉と唇といえば、ボクサーが真っ先に流血するところ。きっと血が出やすいのでありましょう。私は、目の奥に火花の名残がちらほらあるなか、トイレにたどり着くと、電気をつけて鏡の中の顔を確認した。幸いにして流血はしていなかったが、唇の皮は剝けて、血が滲み、眉毛も唇もヒリヒリと熱かった。顔面パンチってこんなに痛いのか。ボクサーも取っ組み合いの喧嘩も大変なことだ、とすっかり覚醒した夜中のトイレで文字通り痛み入った。

こんなことは、人生で初めてだった。今回は、眉あたりの打撲と唇の剝けくらいですんだからよかったものの、これ、もし、流血とかしてたらどうする？　夜中のトイレで顔から流血。私の友人は夜中にこけて椅子の角に頭をぶつけて流血、救急車に乗って、三針縫った。打ち所が悪かったら……。私の顔面だってそうだ。こんなことがあるから、「五十過ぎたら順不同」なのだろう。二十代、三十代が夜中のトイレに起きて顔面強打というのと、五十代のそれと、どことなく深刻さが違うと感じるのは私だけですか。

色濃く生きて五十代そこそこで召された偉人などと比べたら、私など、何歳まで精進しなければならないのかわからないが、ひとまず、地道に筋トレなんかを軽くしながら、様子を見い見いやっていこう。いつ起こるかわからない不測の事態をも受け入れられる、後悔のない日々を送ろう。

筋トレは絶対毎日！　というのでなく気が付いたらやる、というのでも、やるのとやらないのでは、体に対する意識が違ってくる。あの顔面強打以来、ぶつかったりこけたりのないよう、夜のトイレも慎重になった。ただときどき、どういうわけか、トイレを目指していったはずなのに、気が付くとクローゼットの中にいたりすることがある。これはこれで問題だ。

てんこ盛りを拝む

　美味しいものは大抵体に悪い。最近では寄った齢のせいか、あまり派手に食べられなくなった甘いお菓子には、いわずもがな大量の砂糖が。新鮮な海鮮ものがあふれんばかりにのった海鮮丼もプリン体の宝庫。ごま油の風味がそこはかとなく香ばしい海老天丼。甘辛い味付けが妙に落ち着くカツ丼に親子丼。てらってらのたれがまぶしいうな重。特製焼豚が扇のようにのったラーメン。絶妙な塩加減の発酵バター（つい食べ過ぎる）。こういったものはみな味が濃くてパンチがきいていて、とーっても美味しい。舌の柔突起は身悶えして喜び、体の五感は打ち震え、脳内の幸せホルモンがどっと分泌されるわけである。しかし、そんなパンチに打たれ続けていれば体に良いわけがなく、なんとかコレステロールとか、なんとか菌とか、そういったものが体内で増加したり、わかりやすく胃がもたれたり体重が増えたりする。私は胃腸があまり丈夫なほうではないので、そんな美味しいものをマックスに食べると、胃の形が腹のなかで自覚できるほどに固まる。こういうのを「もたれる」というのだろう。胃がカチカチになって「休ませてもらいます」といっているのがわかる。胃袋が五つぐらいあって、なんとかコレステロールとかなんとか菌が悪さをしないのならば、はあ、思う存分あんなものこんなものを食べてやりたい、と思うのだが、人間の体はそんなに図太くはないのである。

先に述べた美味しいものが、思いがけずどんぶりもの主流というのが、婦人としてなんともお恥ずかしいかぎりだが、そんなパンチのきいたものばかりでなく、旬の野菜であるとか、味わい深い豆腐であるとか、香り高い新茶であるとか、そういった繊細な味わいにも感動できるのは、やはり味覚が成熟したということなのだろう。確かに嗜好というものは、年齢とともに変化するようだ。子供のころあんなに大好きだった袋菓子のたぐい。よくもまあ、あんな、原料がよくわからないものをうまいうまいと食べていたものである。駄菓子屋で売っていた、カラフルなビニールのチューブに入っているなに味か表現不可能な甘いペースト状のお菓子。そのチューブを前歯でしごいて中のペーストを食べる。紙に色付きの薄荷《ハッカ》風味のザラメで絵がかいてあって、それを紙のままくちゃくちゃ齧るというのもあった。そういったものは美味しいというよりも、その形状、食べ方などが子供心に斬新で面白かったのだと思う。ああ駄菓子屋というのも、もはや昭和の文化なのだなあ。それにしても、子供はなぜ、あのような不思議な食べ物を食べても具合が悪くならないのだろうか。大人にはない、謎の分解酵素みたいなものを持っているのか。

このあいだ驚いたのは、レッド○ル、モンスターなになにといった興奮系飲み物が大好物で、一日一本は必ず飲み、野菜は一切食べないという中学生の食生活である。私が子供のころにも、人工的な色合いの謎のジュースはたくさんあった。コーラは骨が溶けるという都市伝説もあった。そのころ興奮系飲み物といえば○ポビタンDくらいで、○ロナミンCはもうちょっとファミリー的な飲み物だった。そしてそれらは健康を促進するのだという方向性を全面的にアピールしていた。さて件の中学生である。野菜は食感と香りが嫌いで食べないのだとか。カリカリ。サクサク。パリパリ。ジュワー。そんな食感が耐えられないそうである。加熱してあるものでも、香りや歯触りがアウト。そして大好き興奮飲料。味見をさせてもらって、びっくら仰天した。さすが興奮飲料、なんともいえない疾走感が口の中を駆け巡る。そして後頭部がカァーっと熱くなり、鼻息も熱を帯びてきたように感じる。液体の色が見たいといって、それをグラスに注いでもらって再び仰天。それはなんとも幻想的で摩訶不思議な色をしていた。人間の体ってすごいなー、こういうものを飲んでもびくともしないんだ。っていうかむしろ興奮して元気になっちゃうのかあ。私の子供時代よりも科学が進歩して、不思議で斬新な食べ物や飲み物が開発されて、子供たちはそれを美味しい美味しいと食べたり飲んだりして大人になるのだ。今どきの子供が頭が小さくて手足が長いのは、どう考えても食べ物が関係しているといっていいのではないか。

私の母親は、昔から食事にうるさかった。うるさいといっても美食家だとかそんなしゃれたものではなく、古くはみのもんた、今ではガッテン系とでもいおうか、いわゆる○○は××にいい、という食べ物の効用についてうるさいのである。

「まず野菜を食べて、次に魚、それからご飯を食べると血糖値が上がらないんだって」

「玉ねぎの皮でつくったスープ、これ免疫力あげるんだよ」

「あー、ニンジン、美味しいね。カロチンね」

「ほら、ひじき。カルシウム」

「年寄りは肉食べたほうがいいっていうからね。朝ね、牛肉八十グラム食べたの」

といった具合に、食べ物に関するコメントがいちいち栄養についてなのである。実家に帰って食卓を囲むとき、あるいはたまに外食をしたときも、必ず、そんなコメントがとびだす。これは意外とウザい。美味しいものを目の前にして、いざ、というときに、やれビタミンだやれカルシウムだやれ高カロリーだ免疫だといちいち能書きを並べられると、美味しいものに溺れたいところにもってきて水を差された気分になる。まあ自称体が弱い母は、きっと医食同源を信念として、「将来みんなに迷惑かけないように」と一生懸命体にいいものにアンテナを張っているのだろう。私だって一応ざっくりとは栄養のバランスを考えて食事をとるようにはしている。けれど、食事の際の母親の栄養および効用のコメントは、ちょっとたとえが遠いかもしれないが「宿題やらねばなー」と思っているところに「宿題やりなさいよーっ」と言われたような「今やろうと思ってたのに言うんだもんなあ」的な悶え感がある。しかし親子の血は争えないもので、私も最近になってテレビで見かけた健康法を、得意気に人に勧めていることがあって我に返りゾッとするときがある。

「ウォーキングをしながら川柳を作ると前頭葉に血液が通って頭がぼけないらしい」

「体は洗わないほうがいいんだって」

とか、よけいなお世話千万である。

いやいや閑話休題。

もはや我が国には美味しいものは巷にあふれかえり、海の向こうの国の目新しい食べ物が流行ったり廃れたり、老若男女それぞれの世代の嗜好でよりどりみどりな世の中である。でも閉店間近のデパ地下にたんまり残っているごちそうの山を見るとき、人の店のことだけどどこか後ろめたい気持ちになってしまうのは私だけではないだろう。

先日富山の高岡市万葉歴史館を訪ねる機会があった。そこは『万葉集』の代表的歌人の大伴家持が越中国守であった数年間につくった歌「越中万葉」を通して、越中と万葉集についてお勉強ができる、という立派な資料館だったが、そこに展示されていた天平時代の庶民と貴族の食事の模型を見て、驚いた。その米の量ときたら！　顔くらいの平べったい皿にご飯がてんこ盛り。庶民は玄米、貴族は白米という違いはあったが、米の量が現代人から見るとありえない。そのてんこ盛りのご飯のおかずは、庶民が塩（これまた塩としてはありえないてんこ盛り）とひじきの醬煮《ひしおに》、貴族はグッと豪華になってウニの和え物、鮎の塩焼き、鹿の膾《なます》、わかめの汁、そして干し柿、小豆もち、草もちといったデザート付き（貴族食べ過ぎ）、現代でもいけそうな献立である。貴族の豪華なおかずはさておいても、千年以上前の日本人の食事はまさに、どんぶりめしが主役であったのだった。やれカツ丼だうな重だブルだモンスターだとウハウハさわいでも、このてんこ盛りのご飯の神々しさに目をみはり、すがすがしさを感じたのは、ご飯の国のひとだからだろうか。どんな進化した食べ物も、どんなに豪華なご馳走も、てんこ盛りのご飯の前にはかすむばかりである。あ、かあちゃん、頼むからでんぷんとかビタミンB1とか今は言うてくれるな。

ふたつの巨星

気が付けば平成の時代も二十八年目を迎えたが、時々「昭和だったら何年？」という数え方をして、驚くのが好きだ。ちなみに今年は昭和九十一年。えっ、ほんと!?（ああ、驚いた）私は昭和四十年の生まれなので、自分の年齢に四十を足せば良いという比較的頭に優しい方法で昭和をはじきだすことができる。だったら平成になったのは何歳のとき？　というやや高度な質問になると、とたんに計算できなくなるのだが、えっと、自分の年齢から平成の年を引くだけか？　二十三歳？　あってる？　たぶんそのくらい。一九八九年。その頃は日本はバブルで不思議なことになっていて、やたらと活気があった。

そんなバブル期。私はなぜか美空ひばりと石原裕次郎に夢中であった。おふたりとも昭和を代表するスターであり、また、昭和という元号が平成になる時期とかさなるようにその人生を終えていた。裕次郎が亡くなって、その二年後にひばりちゃんが亡くなった。驚いたことにおふたりとも五十二年の生涯だった。その頃の私からみたら、五十二歳はたいそうな大人、老人まではいかないけれど、とくにこのおふたりは相当な貫禄の重鎮であった。私が彼らの現役の活躍を記憶しているのはおそらく小学生の頃からで、美空ひばりは着物姿におっきな髪をこさえてうねうねと演歌を歌い、石原裕次郎は刑事ドラマの中でぽってりしたからだをバリっとしたスーツでかため、苦み走った顔で一言二言セリフを発していた。私たちの親世代は、ひばりだ裕次郎だと色めき立っていたが、小学生の私には、このおばさんとおじさんの、どこに魅力があるのかまったくわからなかった。

裕次郎が亡くなって、日本は戦後の大スターの逝去をこぞって悲しんだ。その追悼番組もおびただしい数であった。そんな番組では、裕次郎のデビュー作から、大スターとなるまでの軌跡をダイジェストで放送するわけだが、そこで私は今までにみたことのない裕次郎をみたのだった。その若かりし頃の裕次郎のあの輝きたるや、まさにキラキラと異彩を放っており、それまでの映画スターの、甘く、翳《かげ》りのある、あるいは爽やかな紳士、といったキャラクターとは明らかに一線を画していた。なんというか、やんちゃで陽気で屈託がなく、それでいてどこか影があり、なにより頭が小さくて足が長かった。超美形な顔立ちでないのもなんとも魅力だった。いったい私が今までみてきたあのおじさんはなんだったんだ？　そんな衝撃がきっかけで、昭和三十年代の華々しい日活映画をいろいろとみてみれば、裕次郎はもとよりその時代の男も女もエラくカッコいい。アクションと陰謀とラブ。どの映画も非現実的なんだけれど、妙に人間臭くて、胸がわくわくした。

一方のひばりちゃんも、まさに裕次郎と入り口は一緒で、ひばりちゃんの追悼番組において、その尋常ではない芸の凄さを目の当たりにし、私は度肝を抜かれたのであった。ひばりちゃんは、ただ着物姿でうねうね歌う演歌歌手ではなかった。超アイドル。超超アイドルだった。それも、歌はなにを歌わせても天才的にうまいし（実際に天才）、踊れるし（日舞の名取）、お芝居も期待に応えてくれるし、時代劇の殺陣《たて》もすごいし、こちらはその芸に対する身の尽くしように心射貫《いぬ》かれた。そしてひばりちゃんの映画もさることながら、私はなにより彼女の楽曲の幅広さ、歌いっぷりの見事さの中にこれまた果てしない感動と愉しみをみつけた。

こんな風に、バブル期頃から始まったひばりちゃんと裕次郎ラブは私の中で年々深く染み入り、自分が年をとるにつれ、その生き様なども実に興味深く感じるようになり、またさらにラブ♡となるのであった。

北海道の小樽に石原裕次郎記念館ができたのは一九九一年、平成三年。奇しくもバブル崩壊の年。裕次郎が亡くなって四年後である。小樽は裕次郎が幼少の頃過ごした場所。その小樽に裕次郎の大好きなヨットや車そして映画、はたまた裕次郎の暮らしにまつわる愛用の品々が展示された記念館があると聞けば、裕次郎ファンなら一度は訪れてみたいところだろう。このたび小樽に出張ることになり、ならばこの機会に、と積年の思い二十四年、ようやくその館に足を踏み入れることができた。

ちなみに京都嵐山にあった「美空ひばり座」（記念館）は、京都という好立地もあって早々にでかけていた。この「ひばり座」では、生い立ちからスターへの軌跡、自宅リビングの再現、ステージ衣装の数々などの展示が華やかで楽しく、大きなスクリーンで上映されていたひばりちゃんのリサイタルの映像に、熱狂的ファンのおばちゃんたちが、「ひばりちゃーん」と実際に声援をおくる、といった熱い光景も繰り広げられていた。いかにも戦後の復興を励ましてきた国民的アイドル、といった親しみやすさが館内全体に漂っていたのだった。

一方、裕次郎記念館はクールで男っぽい雰囲気である。エントランスのロビーには西部警察で使われていたという自動車やバイクが展示されており、入場料を払ってまず入るのが約八分間のさまざまな裕次郎映画のダイジェストを上映するシアター。ピカピカの若い裕次郎からブランデーグラスが似合うダンディな裕次郎まで駆け足で鑑賞。上映が終わって順路を進めば、そこは「黒部の太陽」のトンネルとトロッコの展示などで、撮影現場の臨場感を再現、続いて「栄光への5000キロ」で実際に使用したレーシングカーと、さまざまな撮影オフショット。さらに西部警察での、裕次郎がらみの超迫力のアクションシーン（車爆発、工場爆発、炎上、崩壊）の上映が続く。これらの三つの作品が冒頭に登場するということは、裕次郎がこれらの作品に並々ならぬ思いを寄せていたということになるのだろう。実際にこれらの作品の製作は石原プロモーションであり、いずれも社運を賭けた大作だったことがうかがえる。鬼気迫るこれらの展示のあとは、たくさんの映画のポスターやレコードジャケット、トロフィー、衣装、生い立ち、ヨットの内部、愛車、自宅の部屋の再現、休日のオフショットなど、裕次郎ファン感激っ、といった充実した記念館だった。

開館から二十年以上たち、わいのわいのといった賑わいとはいえないものの、寂れた風情はなく、落ち着いた輝きのある記念館だったといえるだろう。ただし、である。本当に本当に残念なのは、お土産屋さん。せっかくここまで来たのだから、と、裕次郎ファンは記念の品のひとつでも買って帰りたいところ。しかし、そのラインナップたるや、買いたいものがひとつもないではないか。売り場の多くを占めていたのが、あろうことか「裕次郎シニアファッション」。ジャンパー、ウィンドブレーカー、ベスト、シャツ、といったおやじ服。そのどれもが一九九一年のデザインのままに違いない。それらが大量に。あと海とか車とかゴルフとかにまつわるマーカーとかティーとかキーホルダーとか。半端に高価なボールペンや万年筆。裕次郎酒。オーデコロン。湯のみ。西部警察マグネット。どうしてなのさ。まあある意味、チャラチャラしてないというか、男らしいといえば男らしい。しかし、言い切って銘打つ「裕次郎シニアファッション」。言っておきたいのは、裕次郎ファンはシニアだけではないということです。二十代の私が裕次郎の魅力にやられたように、そんな若いファンもいるに違いないということです。私はこれからまもなくシニアになるけど、あの服は着ない。カッコいいTシャツとか、缶入りクッキーとか、クリアファイルとか、スマホカバーとか、そういった、あ、ちょっと欲しいかも、というようなものを、少しでも入れていただきたいと……。後世につづく裕次郎ファンのためにも、私は切に願うばかりである。

バブル期に出会ったひばりちゃんと裕次郎。高級バッグも肩パッドもとうの昔に飽きたけれど、おふたりの輝きは、私の中で益々増すばかりなのです。

初老の伸び縮み

近所に女性専用の岩盤ヨガというものができたので、始めてみることにした。もともとスポーツクラブ的なものはあまり得意ではなく、近所をひたすら歩く（買い物とか）だけという健康法を実践していた私だったが、ここ近年の体の固くなりようは尋常でない。床に座った体勢から立ち上がるのに、いちいち掛け声がいる。夜中のトイレに向かう自分の歩行姿勢の老人化。もう、とにかくいろんなところが強張っているのだ。もともと体は固いほうではなかったので、毎日マメに柔軟体操なんかをしていればこのような問題は解決するのだろうが、毎日マメに、ということのむつかしさよ。自主的にやっていたラジオ体操第一もいつの間にかフェイドアウトしてしまった。体を動かすのが大好き、というほうでもないし、かといってダラダラしているわけでもない。そしてこんなふうに極めて普通に日常生活を送っているひとにこそ、気が付けば体中強張り、といった不測の事態が訪れることになるのではないだろうか。

この体中強張りを素直に、かつ全面的に受け入れたとすれば、すぐにでも本格的な初老の域に足を踏み入れることができる。立ち上がる時には「ドッコイショ」と気合を入れ、決して走らず、階段は必ず手すりを伝わり、エレベーターという選択肢があれば臆さず利用。強張った体を労わりながら暮らそうと思えばいくらでもできるのだ。

しかし、なんとしたことか、人間の寿命はぐんぐん長くなっているそうで、このまま平和に世の中が過ぎれば、九十、百を余裕で迎えるひとが多いというではないか。そんな世の中に五十そこそこで初老、なんかいっちゃって年寄りぶっても、世間は許さない。というか許されないどころか、自主的に世の五十代女性の若々しいことよ。そんな若々しい五十代女性は大抵「嵐」のファンで、ライブにいったりしてイキイキと乙女をしている。ライブでは座って観賞なんて許されない。二時間以上立ちっぱなし。なんという元気な初老だろう。

辞書で調べてみると、初老とは「四十歳の異称」または「老人の域に入りかけた年頃」とある。四十歳で初老はないだろう、と思うけれど、それだけ昔のひとの寿命は短く、精神的にも老成していたということなのだろう。とにかく、年齢的には十分初老と威張っていいものを、自覚あってかなくてかわからないけれど、そのことを関係のないものとして暮らしている若い初老がとても多いのが現実である。かくいう私も十分に初老だと威張っていい年齢だが、やはり、どうしても「フネ」というより「サザエさん」な気分が抜けないのが恥ずかしい。「フネ」は原作では四十八歳、アニメでは五十二歳だそうだ。まさにアラフィフ、私世代である。気分は「サザエさん」なのに、体は「フネ」。完全に統合不一致である。頭ではわかっているのに、なかなか実感が伴わない。しかし、私の体にあらわれたあちこちの強張りは、それまで意識したことのないもので、まさにこれが「フネ」か、と目の覚める事実として受け止めざるをえないものだった。

そんなこんなで岩盤ヨガなのである。人生まだしばらく続く以上、この体の強張りを今、全面的に受け入れるわけにはいかないのである。昔のようにとはいわないけれど、今より多少柔軟な体を取り戻そうではないか。この岩盤ヨガ、一般的なヨガと違うところは、岩盤浴の岩盤、あの上でヨガをするというもの。つまり室温が高い。岩盤が四十二℃、室温は三十八℃だそうだ。これまでの一般的なヨガは冬場などにうすら寒く感じる時があって、根性のない私は、寒いから、ということで続かなかったりした。それがどうだ、室温三十八℃。真夏だ。おまけに遠赤外線効果もあるらしい。ヨガ自体久しぶりなのと、さらに岩盤浴の経験もない私は、適当なTシャツとタイパンツで、体験レッスンに参加してみた。なるほど、スタジオの中は相当ムンムンしており、タオルを敷いた上にうつ伏せになって目をとじ、〝無〟となって腹を温めている人たちがすでに何人もいた。照明は薄暗く皆うつ伏せなので、どのくらいの年齢層なのかは把握することができなかったが、揃ってピタっとしたタンクトップにこれまたピタピタのタイツのようなパンツのようなものをはいており、Tシャツにタイパンツ、といった緩いいでたちの私は明らかに新参モノ感がにじみ出ていた。入室してきたインストラクターは二十代の女性。これまた健康的にピタピタである。このクラスは初心者クラスで、簡単なストレッチ的なヨガのポーズからなるものであった。岩盤に敷いたタオルの上に座って、ゆっくりと前屈したり、のけぞったり、ねじったりしては、腹から息を絞り出す。面白いほどに汗が出る。しかし、汗が出るのは面白いが、己の体のなんたる固いことよ。「こ、こんなはずでは」と、ポーズのたびに啞然とした。周りのひとたちもそれぞれで、柔らかいひとあり、固いひとありであったが、ひとつ気づいたのは、私はこのクラスの中ではかなり高齢だ、ということであった。

十人ほどの参加者のうち三十代、四十代が七割強である。Tシャツにタイパンツで体の固い五十代。完全に独特の世界観を醸し出していた。なるほど、ヨガというもの、本来はおそらく老若男女が取り組めるものであろうが、岩盤ヨガ、となるとやはり、女子感がやんわり漂う。確かに岩盤の熱で、室内は軽いサウナのような状態の中、高血圧、心臓疾患などの心配の濃い世代は敬遠しなくてはならない運動といえる。そういう私もここ数年人間ドックもしてないし、もしかしたら無謀なチャレンジだったかもしれない。しかし、なんとか初回体験レッスンは運ばれることなく終え、人生で初めてくらいの大量の汗をかいた。その日は一日、プールで泳いだ後のような、心地よいほてり感が続いていた。

それにしても固い。あっちもこっちも固すぎる。岩盤ヨガ体験レッスンによって、現在の体の固さを如実に目の当たりにし、これは週に一回の岩盤ヨガだけで解決する問題ではない、と、私は家でもストレッチをしようと決心した。しかし、これがまずかった。お風呂上がりに岩盤ヨガでまったくびくともしなかった体勢をおさらいしてみる。それは、正座をして、膝をつけたまま膝下を扇状に開いて座り、そのまま後ろに倒れる、というやつ。若い頃は難なくできたはずなのに、いつからできなくなったのだろう。扇状に開いて座るところまではできた。そこから後ろへ倒れる。太ももの前側とか、お腹とかがビーンと伸びる、はずだった。むむ。ぐぐっ。んがっ。ともがいていると、膝が「ぱきっ」と鳴った。あらあ？　なんか筋違った？　てててて、とその窮屈な体勢を緩めたけれど、膝の違和感は残り、翌朝、それは見事に痛みとなって私の膝に張り付いていた。これは明らかに怪我といっていいレベルの痛みである。曲げ伸ばしして痛い。歩いて痛い。えーん。これではもはやストレッチどころの騒ぎではない。病院へ行ってレントゲンを撮ってもらい、診断された結果は、「膝の腱の炎症」とのことだった。全治二、三か月。に、にさんかげつ？　これから岩盤ヨガで新陳代謝促進と柔軟性を取り戻すはずが、家でのストレッチもどきで、しばらく運動のできない体となってしまったお粗末。これか。こういうことなのか。初老。「今までと同じと思うな五十代」「無理せずにできるところでやめとこう」。標語が次々とできあがる。それにしても膝の痛いのは辛い。テレビのCMで、やれグルコサミンだやれコンドロイチンだと賑やかなのがわかる気がする。私の場合は怪我だけれど、いずれにせよ、経験して初めて健常な膝のありがたさを実感するし、膝を痛めているひとのいろんな辛さも理解できる。初老はまだまだこれから経験することがたくさんありそうだ。

膝の痛みを抱えながらおとなしく暮らしていたら、膝の元気な頃通販で注文していた、岩盤ヨガ用のピタピタのパンツが届いた。このパンツをはいて岩盤の上で汗をかく日はいつのことだろうか。パンツを伸ばしたり縮めたりしながら、そんなまぶしい日を夢見る初老の私であった。

むきだしのステージへ

その、歌手であり女優でもある戦後の大スターを見かけたのは、新宿のデパートのレストラン街だった。彼女は私の母親とそう年も変わらないはず。ショートカットにピタピタのパンツを若々しく穿きこなし、息子ほど若いボーイフレンドらしき男性の腕に自分の腕を絡ませ可愛げな表情で見上げるその姿は、しごく日常的な幸福感に包まれていた。これといった変装もしていなかったが、まわりに彼女だと気づく者はいないようだった。もっとも、ゴージャスなロングヘアをベリーショートにしていたのは私も驚いたが、ノーメイクのそんな彼女を認識できるのももはや彼女世代だとすると、そうとう目聡いおばあちゃんでないと難しいのかも。私のようにひばりちゃんだ裕次郎だと喜んでいるような、自分の世代よりちょっとレトロな時代に興味のある人間ならば、その姿に「おっ」と目を留めるだろう。だが、腹を減らして「どの店入る

――。うなぎ？　中華？」などと血眼でレストラン街を往来する民衆には、スルっと見過ごされそうなさりげなさであった。彼女がバリバリの大スターだった頃は、こんなふうにデパートのレストラン街を男性と腕を組んで歩くことなど考えられなかったにちがいない。まわりの目を気にする様子もなく、和やかな雰囲気でレストラン街を抜けていった大スターの後ろ姿はとても軽やかだった。

ひとから見られる仕事をしていると、自然とひとの目に敏感に、時には過剰に反応してしまうことがある。特にテレビに顔を出したりしていると、何かと人目に留まり、声をかけられたり、名前を呼び捨てにされたり、ひそひそ指をさされたり、後をつけられたり、すれ違ったのにわざわざ戻って顔を覗き込まれたりする。こういうことを覚悟して出歩くのは、それなりに神経が減るものである。出歩くときには地味で目立たないようでありながらダサくない恰好で、ひととはなるべく目を合わさないようにし、声も微量。でも、自信なさげでなく正々堂々としている風情でありたいと心がける。気の毒なのは、どんなに地味に装っても隠しきれない異形のひと。顔が異様に小さくて（あるいはその逆）スタイルが良くて背が高いとか（あるいはその逆）。それを隠すためにかえってあやしいオーラを放つことになり、余計に人目を引くことになる。いずれにせよ、仕事を離れた私生活においても気を抜けないのが、ひとに見られる仕事をしている者の宿命といえる。私もそういう仕事をする者のひとりであり、なおかつうろうろ出歩くのが好きである。ただ、テレビにはそれほど出ていないし、ルックスも一般的なので、意外と外の世界に馴染むことができる。それでも、まるっきり無防備で街なかを歩くことはほぼないと言っていいだろう。顔面をむきだしで渋谷を歩いたり電車に乗ったりはしない。思えば十四歳から仕事をはじめて以来三十数年、多かれ少なかれ人目を気にし続けの人生である。嗚呼。

そもそもなんでむきだしで歩けないのか。なぜむきだしだと不安なのか。堂々としていればいいではないか別にやましいことをしているわけでもないんだから。と、頭では思うのである。しかし、むきだしていないひとたちは知っているのである。仕事しているときの自分は盛られていることを。われわれはあらゆるひとたちの手によって実際の人物よりも魅力的に盛られているのだ。そのイメージが善人であろうと悪人であろうと、実物とは別物。盛られたままの姿で街なかを歩けばわかりやすく誰かに認識されるだろう。そして「あら、テレビのまんまねー」と言われるだろう。しかし実際は違うのだ。テレビのまんまではないのだ。ある者はもっとしょぼく、またある者はもっとゴージャスかもしれない。そしてそのギャップを、不特定多数のひとびとに知らしめることは、なんとなくもうひとりの盛られた自分を貶《おとし》める気がして申し訳ない。たとえるなら、お巡りさんが制服姿のままコンビニでおにぎりを買わないように、ミッキーマウスが俯《うつむ》いたままワールドバザールを徘徊しないように、われわれも自分の仕事に敬意を払っていると言っていいかもしれない。何より、無防備な本当の姿を、見知らぬ誰かに一方的に見られているというのはなんとも居心地が悪い。お互い一期一会というのならフェアであるが、こちらは名前も顔も職業もそして盛られた姿までもすでに知られているというハンデがある。真剣にトイレの洗剤を吟味する姿や、二重アゴを気にせず電車の中でバカバカしい本を読んだりする姿を、そうウェルカムな気分で人さまにはお見せしたくはない。しかし、ときどき、地元をママチャリに乗ってむきだしで闊歩しておられる大先輩をお見掛けする。また、むきだしで商店街を往来する伝説の役者も。それを見ると、「むけてるな」と思う。と同時に「でかいな」とも。彼らは盛っていようがなかろうが、ありのままである。いってみれば、しょぼさもオレ。それがなにか？　である。ステージが違うなあと。盛らない自分を自分自身で受け入れられてこそ、人間としてひとまわりもふたまわりも大きくなれるのにちがいない。

最近では六十四歳でご結婚された桃井かおりさんが、そんなむきだしの暮らしを楽しんでおられるという話をテレビや雑誌のインタビューなどでお見受けする。いわずもがな、桃井さんは五十四歳の時「ＳＡＹＵＲＩ」に出演されて以降、アメリカ西海岸に居を移し、今やその活動もワールドワイドである。あるインタビュー番組で、桃井さんは「それまで無理していて桃井かおりのイメージを維持していくのが辛かった」という内容のことを話しておられた。美しさだけでなく、誰もが真似できないほどの強烈な個性と知性を武器に、圧倒的な存在感で日本の映画やテレビでご活躍する姿も眩しいばかりだったが、私たちが見ていた桃井かおりさんのイメージも、何かしら盛られていたということなのだろう。桃井さんのアメリカでの暮らしは、何もかもまっさらで、希望と不安とが入り混じる（想像）刺激的なものだったにちがいない。

「向こうでは誰も桃井かおりなんて知らないのよー。コンチワーなんてお隣さんとご近所づきあいなんかもしちゃってさあ」

「やあだー、フツーの暮らしってこんなに面白いものだったのぉ？って」

と話す桃井さんは相変わらずわれわれにとってお馴染のお姿である。だが海の向こうでは、幼馴染だという伴侶と共に、盛らなくてもいいフツーの暮らしを手に入れ、むきだしのステージをあげられたのであった。

とかくいいながら、このところ、私のむきだしのステージもかなりいいところにきている。それは、これから先の暮らしを充実させるためにも、せめて私のまわりのひとびとには、なるべく盛らない私を見てもらおうという、シニア活動の一環に目覚めたことである。なにおいても若くて元気なときは多少自分を無理に矯正して、盛ったり張ったりできるけれど、シニアになったら、やっぱり自分の心地よさが一番大事。見栄えも性格も必要以上に盛らない。疲れているときは疲れていると、親切にできないときはできないと。こんな私ですけどよろしくお願いできますか、といって自分がむきだしでいられる場所を見つけたら、大事にしていきたいと思うのである。そしてそんな場所が少しずつ増やせたらいいなあと思う。そうした私にもいつか、むきだしのまま自転車で地元を疾走する日が訪れるのか。そしてそれは私の足腰がまだ元気なうちか。自転車まだ乗れるのか。

むきだしておられる諸先輩方は、どなたものびのびと軽やかに生きておられるとお見受けする。そして何よりカッコいい。そんな腹のすわった人間をめざして、私もむきだし力を鍛えたいと思う。とはいうものの、まだまだ小心者の私は、マスクなんかをしてこそこそと街なかを移動する。そしてそのマスクを外せるステージに達したそのとき、私もボーイフレンドとレストラン街でいちゃつくのだ（そこか）。

祭りの時間

私の育った町は、これといった祭りがなかった。ただ夏休みになると界隈で一番大きな公園で盆踊りがあって、そこには友達と誘い合わせてなんとなく出かけてみたりした。公園の中央に組んだ櫓《やぐら》には太鼓を叩く大人がいて、スピーカーから流れる東京音頭に合わせて、老若男女がダラダラと踊りながらそのまわりを回っていた。焼きそばやリンゴ飴、ヨーヨー釣りなんかの屋台も並んで祭りを賑わせていたが、小学生の私にはそれらも格別魅力的には見えず、そんな盆踊りの意味も分からなかった。

地元の盆踊りに冷ややかだったのは、それよりもっと心躍る盆踊りを知っていたからかもしれない。それは秋田県にある母親の里（「八つ墓村」のような寒村）での小さな小学校の校庭で開催される盆踊りで、こんな山間《やまあい》の村にこんなにいたのか、というくらいひとが集まった。毎年、家族全員で母親の実家のある秋田県と父親の実家のある岩手県で夏休みを過ごしていて、そこで私はお盆の迎え火や送り火に加わったりした。盆踊りはその延長なわけだが、やっぱり私はよく意味も分からずその踊りの輪に参加していたのだった。その盆踊りには、村民によるのど自慢大会があった。ある年、そこの村民である従姉《いとこ》二人と姉と私の四人で、オリジナルソングをひっさげそののど自慢のステージにあがった。グループ名はＯＪＡ（〝オジャ〟。集落名〝落合〟の秋田訛り）、曲名は「やくざ」。子供の考えることはよく分からない。菅原文太映画の影響か。作詞も作曲もなんとなく適当に四人でやって、ギターを弾ける年長のアキコと、鉦《かね》と笛のアヤコ、箱を叩いて調子をとるのは姉、ボーカルは私だった。歌詞はあまりにアブナくて記載できないが、地元村民のかたがたには大変な熱狂をもって歓迎されたのだった。味をしめた四人組は翌年もそののど自慢に登場、新曲「浮浪児」（社会性のあるバンドだったのかも）を披露し、喝采をあびた。年長のアキコはそろそろ高校受験に差し掛かるお年頃になっており、ＯＪＡの活動はたったの二年で休止となったが、盆踊り、といえば、そんなバカバカしくも可笑しかった思い出がある。きっと、だから東京の地元の盆踊りはどこか味気ない、と子供ながらに感じていたのかもしれない。

大人になってからも、祭りというものに格別の思いはなく、むしろひとがわしゃわしゃ集まるからあまり行きたくない、といった、民俗的な関心のきわめて薄い人間であった。しかし、人間不思議なもので、ある時からフルーツパフェよりもあんみつが、クレープよりも味噌田楽が好ましくなるように、体の中にある太古からの遺伝子がムクムクと暴れだし、その嗜好や興味が日本のものへと向けられるようになる。子供の頃、遠足や修学旅行で訪れたときにはなんの興味もなく、訪れたことさえ記憶にない庭園や神社仏閣に、私たちはしみじみと癒され、そんな日本の文化あれこれに魅了されることになるのである。子供に祭りの面白さが分かるわけがない。祭りは大人のものなのだ。

かなり大人になってようやく太古からの遺伝子が目覚めた私は、それまで寄り付きもしなかった「祭り」というものを見て歩いたりするようになった。といっても、夜中に松明《たいまつ》を掲げて山奥のご神体にお供え物をしたり、滝に打たれて水垢離する氏子らの神聖な様子を見守るといったマニアックなところでなく、もはやほぼ観光化してしまっているといっていいオープンな祭りにその行動の域をとどめる。だから、どこへ行ってもひと、ひと、ひと。大勢が集まって大声をあげたり、楽器を鳴らしてねり歩いたり、そろいの衣装を身に纏《まと》ったり、不思議な扮装のキャラクターがいたり、祭りは非日常にあふれている。特に不思議なのはその時間の流れである。祭りはスケジュールがあるようでない。これは地方に行けば行くほど、その祭りが古ければ古いほどその傾向が見られるような気がする。いつ、何が始まるのか、祭りの中心に近いところにいるひとたちは把握しているのかもしれないが、見物人たちにはそれがまったく分からない。いつ頃山車《だし》がここを通る？　この止まった行列はナニ待ち？　どこでその団扇《うちわ》がもらえるの？　次は何が来るの？　この歌の歌詞は？　なんて掛け声を掛けてるの？　初めて見物する祭りはとにかく謎だらけだ。大きな謎を抱えながら、見物人たちはその不思議な時間の流れに飲み込まれてゆく。

ついこの間は、信州の諏訪《すわ》大社で七年に一度、寅と申の年に行われる御柱祭《おんばしら》の見物に出かけた。この御柱祭は上諏訪（上社）と下諏訪（下社）の二か所の社における式年造営、つまり神様のお住まいである柱を新しくするという祭りで、一説によると縄文の時代から見られたものではないかとされている。なんでも縄文時代のひとびとは、垂直にそそり立つモニュメントを拝んでいたそうだ。まさに御柱ではないか。だとしたら、相当な時の流れに包まれた祭りということになる。御柱祭といえば誰もが思い浮かべるのが、男たちの大群が巨大な丸太に跨《また》がって（群がって）急な山肌をドドドドドーっと滑り落ちてゆく映像ではないだろうか。「木落し」というそれはもはや大変な見物人の数で無制限に見物されては危険だということで、今はチケットがないと見物できないそうだ。その勇壮な光景を一度は見てみたいものだが、今回は、その「木落し」のあと、町の中を氏子たちがその御柱を曳《ひ》いて神社まで運ぶ下社の「里曳《さとび》き」の見物となった。

想像はしていたものの、御柱の通る道の沿道はたくさんのひとで埋め尽くされていて、連れとはぐれないよう歩くのに必死であった。案内してくださった信州人のかたは、なぜか私と連れの分のハッピと軍手を用意してくださっていて、我々はそれを身に着けると、氏子に交じって御柱を曳く行列に加わる流れとなった。甲高い木遣《きや》りの歌を合図に消防団のラッパ隊が景気をつける。氏子たちが「よいさ、よいさ」と掛け声をあげ、力を合わせて何トンもある御柱をズリズリと曳く。とにかく長くて太くて重いので、簡単には動かない。大勢の氏子の気がピタっと合ったとき初めてほんの数メートル動くのである。地域ごとに違った色のハッピを着た氏子たちに、御柱が次から次へと曳かれていく。といっても、時間通りに運ばないのが祭りである。前が詰まっているといって、三十分ちかく動かなかったり、かと思えば指がズリ剝けるくらい延々と進んだり。「里曳き」は前日もあったそうで、終了予定が夜の七時半だったのが、夜の十時を過ぎても終わらなかったそうだ。ああ、祭り時間。

私たちはほんの一時間ほど「里曳き」に加わっただけだが、傍から見物するだけでは体感できない時間の流れを味わうことができた。それは長いような深いような止まったような果てないような、なんとも不思議な時間の流れだった。翌日、その柱を境内に建てる「建《たて》御柱」というのも見物しようと出かけたが、予定の時間の十時半になっても柱が建つ気配がない。すでに見物人は境内にあふれている。ひたすら待つ。もうすぐお昼だ。体力的にこれ以上の待機は無理と判断し、見物人をかき分け出てきてしまったが、なんでもその御柱が建ち始めたのは、夕方四時頃だったそうだ。なんたる祭り時間よ！　祭りは、なんでも予定通りにちゃっちゃかいかないのである。時間なんてないのである。いつどうしたいかは、神様が決めるんだろう。

盆踊りと祭りでは仏様と神様の違いはあるけれど、ひとが集まって非日常の時間に身をゆだねるという点では同じといっていいだろう。子供の頃退屈だった盆踊り、ひとと混みが苦手で敬遠していた祭り、どちらも今では、「できれば元気なうちにたくさん見ておきたい」と思うのは、私が順調に年をとっているという証かもしれない。

それにしても、御柱祭のラッパ隊。あれは不思議だったなぁ。縄文の流れと進軍ラッパの結びつき。奥が深いなあ。

ひとりで暮らすこと

紬《つむぎ》織の人間国宝、志村ふくみさんの展覧会をのぞいてきた。以前、ＮＨＫのドキュメンタリーで志村さんの創作の現場を拝見したが、九十歳を超えてなお研ぎ澄まされた感性と作品制作におけるこだわりに、静かだけれどただならぬ気迫を感じた。絹糸が自然染料でほどよく染まるのを見極める姿は、「いのちのスープ」の辰巳芳子さんがスープの完成に神経を研ぎ澄ます姿に重なる凄みがあった。奇しくもお二人は同い年、一九二四年生まれの綺羅星だ。どちらも鍋にむかう姿が神々しい。

実際に志村さんの作品に対峙してみると、なんとも言えないエネルギーがその紬の着物から湧き上がっている。自然の色で染められた糸で織られた布は、あきらかに命を宿している。紬というものがどこかぬくもりを感じる織物であるということに加え、志村さんの目が捉えた光や色が、慈しみをもって織り込まれているからにちがいない。

映像資料のコーナーでは、志村さんの制作の様子と美しい自然の景色が交互に編集されたイメージビデオが上映されていた。そして、そこに映しだされる自然の景色の印象が、微妙な色合いで見事に紬に表現されていることに驚いた。着物の平面ひとつひとつに、霞の夜の深さや、雪の湖の眩しさ、夏草の揺らぎ、風の通り道までが浮かびあがっている。絵や写真で表現する景色とはまた違ったふくよかな情景がその着物の中に表現されていた。それは哲学的な情景なのだった。きっと志村さんの目には美しい日本の景色が、光と色で紡がれているように見えているのだ。

なんて、ここで私は志村ふくみさん論をぶとうとしているのではありません。志村ふくみさんの作品群を拝見してその偉業に感動するとともに、つくづく、

「ああ、日本の自然て美しいなあ。ああ、やっぱり自然の美しいところに住みたいなあ」

という思いにあらためて強く駆られたのである。志村さんの作品は、あきらかに美しい自然の力が志村さんに働きかけて生まれたものだ。私は芸術家でもなんでもないけれど、美しい環境の中で暮らすことは、心が潤い、きっとなんらかの形でそれが暮らしや仕事に反映されるものだと思う。どこに行ってもひとにぶつかり、そのわりに

はひとと目が合わず、目の奥が痺れるような煌々とした灯りが一日中瞬き、いろんな高さとテンポの音が何百層にも重なって耳に乱入してくる東京。私にはそろそろ、そういうものを平気で受け止める気力が失せてきた。空のかたちを遮る高いビルや車やひとがひしめいている都会を離れて、自然の豊かなところでもう少しゆっくり暮らしてみたいという気持ちは、私の中で年々強くなっている。

そんなことを考え始めるのがちょうど私世代のようで、五十代をターゲットにした雑誌には、「これからの住まい方」といった特集が多くみられるような気がする。五十代はすでにライフスタイルが確立されていて、家具も調度品も長年吟味して設えられたものだ。言ってみれば入魂の家。しかし、あえてその暮らしを一度壊して再構築しよう、というのが「これからの住まい方」。子育てが終わった夫婦ものは、思い切って夫婦二人仕様の家にリフォームしたり、趣味の家庭菜園を楽しむために田舎に越したり。また、断捨離をしたい！と切に思うのもこの世代からだろう。よくご老人が「写真も整理しないと」なんて言っているのを聞いてきたけれど、考えてみれば私も「写真を整理しないと」と思い続けて十年以上経つ。きっと、世のご老人もそう思い続けていつのまにやら何十年、なのだろう。前半生よりも後半生の時間の過ぎ行く速さはハンパない。四十歳から五十歳までの時間の過ぎ方を思い返してみるがいい。まさに光陰矢の如し。とすると、いつか、そのうち、と考えていることは、案外もう始めていい時期なのかもしれない。リフォームも引っ越しも断捨離も、行動するのは今なのかも。

私の「これからの住まい方」の希望は、断然田舎暮らしだ。今の住まいも、できるだけ緑の多いところを、と探しに探してようやく決めた部屋で、神社やお寺が近所にある静かな良い環境だ。ベランダからは空が広々と見渡せ、雲のかたちや夕焼けの美しさを十分に楽しむことができる。とても気に入っている。でも、ここが終の棲家とは思えないのだ。私の終の棲家はもっと田舎でなければならない。

そこではたと考えるのは、ひとりものの「これからの住まい方」だ。それも女のひとり住まい。それも田舎のひとり住まい。つまり女のひとり住まいの田舎暮らし。田舎の定義はいろいろあるけれど、私が住みたい田舎とは、美しい森があって山や畑があって、だけど交通の便も良くて都心まで特急電車だったら一時間、新幹線が通っていたらありがたい、そんなところ。美術館とか図書館とか、文化的な施設もそこそこ充実していると嬉しいな。信頼できる病院と、いい動物病院も欲しい。ひとり住まいはマンションが楽だとはいえ、自然豊かな環境でわざわざコンクリートのマンションに住むという選択はないだろう。木造の一軒家がいい。ひとりだから平屋でいい。大きくなくていい。居間と台所と寝室と勉強部屋と風呂トイレ付き。畳の部屋も欲しい。庭も。庭からは山が見えて、お隣の灯りが遠くもなく近くもないところに見えるのがいい。家庭菜園とか園芸とか、こぢんまりと楽しめたら最高だ。

今の時代、そんなところでひとり暮らしをしている女性はたくさんいるだろう。しかし人口密度マックスの渋谷くんだりから、友達もいないそんなところにいきなり越していくのはなかなか勢いがいることだ。だったら無理してひとりで田舎で暮らさなくてもいいじゃないか、ということなのだが、じゃあ友人と田舎暮らし？　それも有りだなあ。トーベ・ヤンソンの海の岩礁に建つ小屋の暮らしも、石井桃子の宮城県での開拓生活も、そういえばひとりではなかった。トーベにはトゥーリッキ、石井さんにはトキさんという仲間がいた。トゥーリッキにトキさん。偶然にも名前が似ているが、どちらも女性だ。力仕事に男手が必要、という甘えは彼女たちにはない。もちろん、どうしても必要なときは弟や近所の男衆に手伝いを乞うけれども、岩を爆破したり木を伐採したりするのにいちいち男手は必要としない。男より頼りになる女はいくらでもいるのだ。

田舎の定義にあれこれと自分の都合を主張する私は、昭和四十年生まれ。私世代の友人たちも高度成長期の日本に生まれ育ち、バブルの青春を過ごした自由我儘《わがまま》マイウエイのツワモノ揃いだ。未婚モノもいれば出戻りモノも珍しくない。そんなひとりものたちの間では、「だから老後はみんなで住もうよ」という話になることが間々ある。働きっぷりのいいひとにはみんなで「お願いだから土地を買っておいてくれ」とせがみ、料理上手なひとは「料理はまかせろ」なんて盛り上がったりする。そんなことができれば楽しいかも、と思う反面、じゃあ本当にみんな揃って田舎に引っ越せるのか、と考えると、やっぱり都会がいいとか、そっち方面の田舎は嫌だとかなかなか意見がまとまらないのではないか、という結論に達するのだ。そうなると、やっぱりひとりで田舎暮らしが一番現実的なことなのか。悲しいかな私もすっかりひとり暮らしの快適さを満喫しているツワモノバブル世代だ。「みんなで住もうよ」と盛り上がっている友人たちも、きっと本当は私のようにひとり暮らしが気にいっていて、誰にも気をつかわずに自分の時間を過ごすことを大事にしているに違いないのだ。とはいえ、年をかさねひとりでできることには限りがある。そんなことを実感していけばしていくほど、ひとりの快適さと心細さの折り合いをどうつけるのか、いよいよ考えることになるのだろう。

志村ふくみさんの展覧会から、思いもかけず「これからの住まい方」について考えることになった。そんな思考へと導く志村さんの作品は、やはりタダモノではない。

電脳事情の今　その２

今まで使っていたパソコンの調子がいよいよ悪くなった。いや正しくは、手持ちのパソコンにWindows 10をインストールしたら、メールが送れなくなるなどあちこち不具合が生じはじめたのである。

中間子で他力本願気質の私は、この事態、自力ではどうにもならないことを瞬時に悟り、サポートセンターに電話をした。オペレーターのお姉さんの、口元からやや外れたマイクから発する遠い言葉をかいつまめば、要するに、私のパソコンはWindows 10に対応していないものだというのだ。それなのに、私のパソコンの画面の下のほうには「今すぐインストールができます」というお知らせがしつこくしつこく何度も何度も浮かんでは消え浮かんでは消え、そんなにいうんならバージョンアップするかぁ、と、「もー、しょーがないなー」くらいの気持ちでインストールしたのだった。対応してないなら浮かんでくるなや！　と。

「それでしたら、Windows 10をアンインストールして元のソフトを入れて戻すことはできます」

なに？　だったら、そうしてもらおうではないか。

「はい。では、今から消えては困る必要なデータを一旦USBに保存する作業を一緒に行わせていただきます」

中間子で他力本願気質の私は、一緒にやってもらえるというのでちょっと安心したが、しかし、消えては困るデータを今判別して保存せよ、という指令は、夜逃げの日の当夜、荷物を今すぐまとめろ、と言われているようなものではないか。アドレス帳、メール、画像など、いつか整理しようと思っていたあれやこれやを大雑把な吟味で選別し、いわれるがままにクリック、ドラッグ、クリック、ドラッグを繰り返した。ここまでオペレーターのお姉さんとの気まずい沈黙の時間も含めて忍耐の約四十分。フリーダイヤルでなかったら電話料金もばかにならない。

「はい。これで保存は完了いたしました。ではここからアンインストールと、元のソフトをインストールしなおす作業を始めさせていただきます。お時間のほうですが、今から約二時間ほどかかりますがご都合は大丈夫でしょうか」

……は？　ににに時間……!?　ありえない。フリーダイヤルでもありえない二時間。だったら先に言えや！　と。トータルの時間を先に言えやと。あの忍耐の四十分はいったいなんだったのか。精も根も尽き果てた私は、この先二時間、携帯電話を片手にパソコンとオペレーターのお姉さんと向き合うことを考えただけでも卒倒しそうだったので、今日は時間がないから、と伝えると、

「では続きから作業ができますように記録させていただきます。ご都合のよろしい時にまたお電話いただけますでしょうか」

と親切なお言葉をいただき、グッタリして電話を切った。パソコンというものは切羽詰まった時にいよいよ具合が悪くなるもので、実際、その時も私は切羽詰まってやらねばならない仕事があった。私はお茶を一杯飲んで気をおちつけて、新しいパソコンを買いに、近所の家電屋に向かったのだった。

たぶんここまで読んで「だったらこうすればいいのに」と、私の電脳能力の拙《つたな》さに物申したいかたもいらっしゃるだろう。世代を理由にしては卑怯かもしれないが、昭和四十年生まれで会社勤めをしていない私には、機械で文字が書けて郵便切手を貼ら

ずに手紙や書類が届く、というだけで、もう、十分に便利で有り難いことで、それ以上パソコン内を発掘する理由がないのだ。

新しいパソコンは、今までと同じくノート型のものだが、急場しのぎでケチって安いものを買ってしまったので、今までのものより頭がちょっと弱い。つまりいろいろな作業がのんびりしている。そして、キーボードの幅が広く、アルファベットの脇に電卓みたいに数字が配されたところがあるのだが、これはなんだろう。きっとこの頭の少し弱いパソコンも、私の知らない技をたくさん持っているに違いない。もちぐされ、気の毒だなあ。

しかし、これからの時代、悲しいかな、パソコンを使いこなせるかどうかで、老後の充実度に多大な差が生じるという現実を突きつけられることがままある。私の両親は八十を超えて健在だが、大工だった父親は七十を過ぎたころから息子のおさがりのパソコンを、なにやらいじっているかと思ったら、まもなく、地域の新聞制作に携わるようになり、今なお写真をのせたり（これはさすがに若い者に貼り付けてもらっている）記事を書いたりして、パソコンの恩恵に与《あずか》っている。いっぽう、母親のほうは、電脳よりもコーラスやらカラオケなんかのほうが楽しい肉体派だが、それでも、やれ、あの芝居のチケットはどうやって買えばいいのか、ピアノのサークルはどこにあるのか、など、パソコンがちょっと使えれば便利なことも、子供たちを頼らなければ行動をおこせない。かといって、パソコンを買ってあげようかといえば、

「頭がシビれるからいい」

と及び腰だ。パソコンの無限に近い可能性に対して、まるでブラックホールを覗くかのような畏れをもっているようなのだ。それでも、なんやかんや文句をいいながらも、手を貸してくれる子供たちがいるのは有り難いことだ。実際、私も、現時点で落語やライブのチケットを買うのがギリである。クリックして購入の段階まではなんとか大丈夫だとしても、そのチケットを具現化する手続きの面倒なことよ。メールに送られてきた長い長ーい購入番号を、一桁も間違わずにコンビニのそれ用の端末画面に入力して、レシートがジジジジっとでてくるのをもぎって、レジに持っていく。するとそこで金額を支払ったり、支払わなかったり、チケットがもらえたりもらえなかったりするのだ。自動的にクレジットカード支払いになっているものと、コンビニで支払う仕組みのものがあるし、チケットもそのまま発券というのもあれば、「チケット引換券」というチケットとおんなじ形をしたものが発券されて、引き換えは二、三

か月後だったりするものもある。購入番号を打ち込む端末のあるコンビニを間違えて、いくら端末に番号を打ち込んでも、エラーだったり。購入できているつもりのチケットの「入金期限は明日です。ご注意ください」なんてメールがきて慌てたり。でも、このやり方に今のうち慣れておけば、将来誰に頼らずともチケットくらいは買えるだろう。頼むからこのシステムを三十年は変えないでほしい。

先日、新幹線に乗ったら、隣の席にお母さんとその子供が座った。二年生くらいの女の子だ。よくみたらお母さんは二歳くらいの男の子も抱っこしていた。真面目そうなお母さんは、お姉ちゃんに九九の問題をだして遊びがてらお勉強させていたが、その間、小さな弟はお母さんの膝で一生懸命お母さんのスマートフォンをいじって、画像を指で広げたりページを繰ったりして遊んでいた。恐るべし……。グリーン車とはいえ、三人でひと席というのもビックリしたが、よく見たら、後ろの席にはお父さんと兄弟二人がさらに詰めあって座っていた。軽井沢駅までの三駅くらいの間だったので、すし詰め作戦だったのだろう。しかし、あんなおむつが取れたばかりみたいな子供の時分から電脳のある生活があたりまえなんて、凄いことだ。あのお母さんもお父さんも、将来電脳関係に困っても頼もしい子供たちが四人もいて安心だ。

目下の目標は、「ＰＤＦファイルを結合する」ことである。実にささやかだ。別に結合できなくても一枚ずつ添付すればいいことで、窮地に瀕しているわけでもないのだが、結合してひとつのファイルで送信できたら、すっきりして気持ちいいだろうなあ、と思うのである。電脳にすごく興味のあるひとなら、ネットでいろいろ調べたり友人に教えてもらったりしてとっくに解決しているのだろう。私はその問題に気づいて、結合したいなあ、と思ってから四年以上たっている。本年度の目標は「ＰＤＦファイルの結合」。ちょっと頭の弱いパソコンと力を合わせてなんとか実現したい。そして、バージョンアップにはくれぐれもご用心。ん！　ちょっと賢くなったか。

ノビルノビル

私は今、人生史上第二のロン毛期にいる。

第一期は、小学校一年生の頃。父親はなぜかロン毛嫌いで、おまけに伯母が理髪店をやっていたものだから、しょっちゅう散髪させられていつも男児と間違われていたわけだが、ではなぜ、ロン毛の時期があったのか。きっと、母親が一度くらいロン毛の娘も見てみたい、と特例でロン毛シーズンを設けたのではないかと考える。そのロン毛を断髪するときは、三つ編みにしたのをばっつりと切って、母親が記念にと、手元においたはずだ。あの三つ編みはどこへいったのだろう。今出てきても怖いけど。

とにかく以来のロン毛。特にロン毛を目指してここまできたわけではなく、約二年前の春に仕事でおばさんパーマをかけたら、それがいい具合にとれず、地毛のくせ毛がまとまりにくい梅雨の時期もそれなりにらくちんだったので、そのまま放置していたらここまで伸びてしまった。

　世間的にショートの印象があるようで、街で久しぶりに知人に遭遇した時、驚きと喜びで「わー。久しぶりですー」と親しみを込めて手を振り近づいたのだが、相手は眉間に軽く皺をよせ「……？」の表情のまま軽く後ずさりした。

「コバヤシです」

「……（皺）」

「コバヤシサトミです！」

「……あ、あああああっ、わからなかった！」

　こんなやりとりが、別のひとともあった。髪型くらいでそんなにひとの印象は変わるものなのか？　それとも人相が変わった？　加齢？　まあいずれにしてもロン毛の私は世間からいつにもまして認識されにくいことになっているのである。放っておけば髪は伸びるので、そのまま鈍感に放置して伸ばし続けることもできるし、明日にでも美容院に駆け込んでショートにすることもできる。ただそのタイミングがなかなか自分で作れないでいるのである。せっかくこの長さがあるのだから、一度、京塚昌子みたいなおかみさん風の髷《まげ》にしてみてから切りたい、とかそんな欲もわいてくる。切ってもも生えてくるのなら、そんなに悩むこともないだろうに。ロン毛存続問題は目下の課題だ。

そして、それと並行して、今私を悩ますのに植木問題がある。マンション住まいの私の植木問題などたかが知れているが、たかが知れているなりに悩ましい。ひとつは、雑に扱っているのになかなか枯れない植物たちの存在。それも、あまり好みの植物ではないものだ。八年ほど前に家事代行サービスの会社からいただいたもので、元は直径三十センチほどの小ぶりな鉢にいくつかの緑が寄せ植えされていた。それがぐんぐん生長して、そんな小さな住処ではどうにも窮屈そうになってきたので、バラして別の鉢に植え替えたのだが、今ではそのひとつは私の身長を超えるほどの高さにまでなっている。そして全然おしゃれでない容姿。ひょろーっと幹が伸びて先端に細い葉がシャバシャバっとついている。もうひとつは私の胸くらいの高さで、社長の車の埃を払うブワっとした羽根のブラシのような形をしている。どこかの銀行にでもおいていそうな植物だ。どちらも以前近所の花屋さんに名前を聞いたが、忘れた。それらの強靭な植物は、幾度の引っ越しにもめげることなくぐんぐん生長するので、容姿が好みでないとはいえ、見殺しにすることはできず、水が涸れっ涸れになるまで心を鬼にして放置しても、結局水をやってしまう。肥料もなにもやらずとも、この二つの植物はしぶとく八年以上も生き続けているのである。

そして植木問題のもうひとつが「金のなる木」問題。金のなる木、またの名を成金草。強欲な香りのする名前だ。花言葉も『一攫千金』『富』『招福』『不老長寿』と、ありがたい。そんなありがたい植物の鉢植えをくれたのはほかならぬ母親である。出戻りの娘を心配してか引っ越し後まもなく金のなる木とオモト（万年青と書きます）の鉢を私の家に持ち込んだ。このオモトも縁起の良い植物とされるが、容姿がね……シブいですよね。ちなみに花言葉は『長寿』『崇高な精神』『母性の愛情』。……母性の愛情。……重い。このオモトの生長は驚くほどのものではなかったけれど、最近窮屈そうなので、一回り大きい鉢に植え替えた。問題なのは金のなる木のほうだ。母親の持ってきた金のなる木は（何度も連呼するのが気恥ずかしい）はじめ小ぶりなものだった。おそらく母親の育てているものの挿し木だったと思う。それがまた適当に水やりすればぐんぐん生長し、多肉植物ならではの葉がたっぷりと水分を蓄え、ずいぶんと頭が重そうになってきた。それがある年の台風で鉢が飛ばされ、ぽっきりと折れた。折れた枝についた葉はたわわでぷっくりと元気いっぱいだったので、そのまま捨てるのは気の毒に思い、新しい鉢に土をいれて適当に挿しておいた。するとそれがまたぐんぐん生長し、元の鉢と双子のようになった。するとある時また強風で鉢が倒れる。また折れる。また挿す。また大きくなる。また折れる。挿す。繰り返していたら、知らず知らずのうちにベランダの大半の鉢は金のなる木になってしまった。それは植木が私道に豪勢にはみ出ている下町の裏通りのような光景だ。それらがすべて金のなる木というのが、なんだか、そんなに願掛けしているのかヨ、的な光景で気恥ずかしい。

他にも、近所のコーヒー屋さんからいただいたコーヒーの種をふた粒テキトーに鉢に植えたら、ふた粒とも芽を出して、今室内で二年目の冬越えをしている。植物に対するこのテキトーな栽培方法がたまたまハズレていないのだろう。見捨てるわけにいかず、なんとなく世話をしていたものたちが、見栄えのあまりよくないまま元気に育っている私の部屋。

でも、植物にも感情がある気がしてならない。植物に話しかけると元気に育つとか、音楽を聞かせると反応するとかそんな話を聞くし、その分野の研究でも、植物には記憶がある、恐怖を感じて反応するとか、そんな結果が報告されているらしい。そんなことを聞くと、アンタあんまり好きじゃないから切断して捨てるからね、という気持ちにはなれない。植物に記憶があるなら、私が部屋で発している雰囲気や気配をも覚えているということか。早く死んでくれないかな、と思いながら水やりしている私の気持ちも伝わっているのか。

髪にも記憶があるというひともいる。昔から髪はひとの魂や念のこもるものとして多くの物語にも描かれてきた。一年で約十二センチ伸びるそうだから、平安時代の宮廷の女性の髪の先端はいったいどのくらい昔のものなのか。生まれてからほぼ伸ばしっぱなしに違いない。その髪の生やし主の嬉しい感情や悲しい感情を、頭皮につながった髪が感じていたとしても不思議な話ではないだろう。ま、そうだとしたら私の今のロン毛の先端はたかだか二年前の記憶をとどめているにすぎない。二年以内のことを思い起こせば、それは悲喜こもごもさまざまな出来事があったが、なんとしても忘れがたい、とまではならない。むしろどんどん忘れていこうぜ、と前向きだ。それより小学一年生の時のロン毛はなにを記憶していたのだろう。そっちのほうが知りたい。髪に特殊な機械をつけて記憶の映像でも観られたら、と思うとちょっと面白い。

いやとにかく問題なのは、だから、植木なのだ。

植木はまだまだ生きるのか。まだまだ背丈は伸びるのか。天井まで届いたらどうしたらいいのか。金のなる木はまだまだ増えるのか。コーヒーは今年も生長し続けるのか。植木の生長のことを思えば、自分のロン毛なんていつでも切れる。自分の身体から生えているものだから。こんな感じだから髪、切るね、と話したら納得してくれるだろう。しかし植木はどうだ。人間とは別の時間の流れの中でゆっくりゆっくり生長し続ける。私は時々水をやることしかできない。

愛のお荷物

成猫の知能は人間の二歳児くらいだと、何かで読んだか聞いたかしたことがある。人間の二歳児といったら、おそらく言葉はまだ達者ではないけれど、あれヤダこれヤダと自分の意思表示が顕著になってくるお年頃ではないだろうか。自分が大事にされていることも分かっていて、だれが自分を守ってくれるのかといったことも理解している様子。しかし我慢するとか、そういう大人っぽいことは苦手だ。なるほど、確かに猫はまさにこんな感じ。私の経験だと、猫は五歳をすぎてようやくそういった二歳児並みの人間ぽさが出てくるように思う。私の猫も、それまで触れることさえ脅威で、撫でる手にもガブリと嚙みついたりしていたのに、五歳を過ぎたころ「これはもしかして可愛がられているのか？」と気づいたようで、以来撫でられれば大人しくしている（まだ時々嚙むが）。そうなると、アイコンタクトや鳴き声にもなんらかの意志を感じるし、拒絶もきっぱりすれば、甘え方も絶妙なのである。独特の恋愛観で若いひとに人気の、ある女性タレントが「好きなひとに好かれるには、余計な話はせず、ただなつく」と言っていたのはなるほど、と思った。何も話さないけれど、自分になつく猫は無条件にかわいい。言葉で要求されるとムッとくることも、眼差しや鳴き声で示されると無視はできない。

そうして人間のほうは、これが食べたいのか、ここにクッションを置きたいのか、ベランダに出たいのか、などと、言葉を発しない猫相手に愛あふるる思いやりを発揮する。特に日頃留守がちでサビシイ思いをさせているのでは、などと後ろめたい人間は、それを物質で補おうとしがちだ。それはスターの御子息がお小遣いをたくさん貰って不良になるといったのとおなじ危険をはらんでいるかも。「このおもちゃ、もう飽きた。他のないの？」「このゴハン、なんかへんな臭いなんですけど。きもっ」などと人間を見下すいわゆる権勢症候群だ。まあ、猫の権勢は犬よりも深刻なことにならないかもしれないが、しかし、ひとたび猫が本気をだしたら、人間はかなわない。

春、盛りのついた本気の外猫の声を聞くたびに、つくづく野生の凄まじさに畏れ入る。さてだからどうしたということだが、キャットタワーである。一軒家からマンションに越してからというもの、猫たちは明らかに運動不足だ。マンションの部屋は階段の上り下りもなく、人間には限りなく優しいバリアフリーの世界。しかし猫は上下運動が一番の気晴らしになるという話は常識で、なんとかしてやりたいと思うのが猫飼いの性。そしてそんな猫飼いの思いは世界共通らしく、世の中にはキャットタワーという猫のための遊具がいろいろ製造されている。猫のほうでは買ってくれなどと一言もせがんだりしないのに、猫飼いは猫を想って勇んでそれを買ってやるのである。しかし、私はそれを部屋に置く気にはどうもなれなかった。たいていのタワーはモコモコの化繊でできていて、猫が滑らない工夫がされていて、そこで爪を研ぐことだってできる。部分的にハンモックになっているのもあったりして、猫はそこでお昼寝もできるらしい。広告モデルの猫は特に嬉しい表情をつくることもなく、目を見開いたままキャットタワーの上で固まっているわけだが、なんか、どれもデザインが本当に残念。そして掃除が大変そう。でも、上下運動は大事。バリアフリーで猫たちは運動不足。肥満。欲求不満。ストレス。若猫が老猫を攻撃。おやじ狩りが頻繁に勃発。負のループでもやもやする。もはやデザインがどうのとか言っている場合ではないのか。

そんな折、友人の知り合いのインスタグラムでたまたま見かけた総木製のキャットタワー。モコモコもなく、デザインもすっきりしていて、てっぺんではアメリカンショートヘアが満足気にくつろいでいる。これなら置いてもいいかも！　と、友人の知り合いの知り合いを通じてそのキャットタワーの出処をつきとめた。なんでも滋賀県の家具屋さんの受注生産品とのこと。さっそく家具屋さんに連絡をとり、サイズや、猫の年齢や性格など含めた打ち合わせを丁寧に何度かして発注。

ひと月後、滋賀からその家具屋さんが車で届けてくれた。木製でどっしりしつつもすっきりと聳え立つキャットタワー。部屋に置いても威圧感はないし、デザインも申し分ない。これで猫たちの上下運動問題は解消して、おやじ狩りもなくなるに違いない。猫飼いとしては大満足だ。しかしだ。猫のほうはどうだ。これまったくの無反応。それはそうだ、キャットタワーなんて見たことも聞いたこともないもんな。ほらほら、これはこうやって、この板を互い違いに上っていくと、わー高ーい、って具合に……、と手引きしてやろうと猫を強制的にタワーに乗せると、瞬時に飛び降りる。まあ、警戒心の強い猫のこと、時間をかければ慣れてくれるだろう、と猫飼いは猫への愛の証に自己満足なのだった。

しかしその後も、猫はまったく愛の証にはよりつかず、窓辺に置いた愛の証をつたわらずに、わざわざモノが散乱した机の上を渡って窓辺にたどり着く。おもちゃを置いたり、またたびを振りかけたり、滑り止めの敷物を張ったりしてあれこれ策を練っても、猫はまったくどうでもいいようだ。あせりは禁物。気長に気長に、としばらく気にしないでいたら、いつのまにか愛の証には、植木鉢が置かれ、本が置かれ、丈の長い洗濯物が干されるようになった。もはや、用途が謎の……棚？

季節は巡り巡って、二年の月日が経ちました。

猫飼いの愛の証は、エアロバイクやぶら下がり健康器と同じような末路となった。二年経っても興味を示さないということは、この先もなんとも思わない、ということだろう。私はきっぱりとこの人間の傲慢であった愛の証を手放すことに決めた。ここよりも、もっと役に立って喜ばれる場所があるに違いない、と。お世話になっているペットシッターさんに相談すると、さっそくネットワークに呼び掛けてくださり、早々に希望者が名乗り出てくださった。大阪のかただった。

さて、どう運ぶのか。今は小さな引っ越し便やら、大きな宅配便やらいろいろなサービスがあるから大丈夫だろう、と安心していたのだが、いざ依頼をしてみると、片っ端から断られた。キャットタワーという点。分解できないという点。飾り棚、と嘘をついてなんとか家まで取りに来てもらった業者にも、実物を見せたとたん、運ぶのは無理、と断られてしまった。なにかね、キャットタワーは一度買ったら捨てるしかないということかね。これだけさまざまなサービスが氾濫する世の中で、キャットタワーひとつ移動するのを手伝ってもらえないという世知辛さに愕然とした。そして配送手段がないので、本当にすみません、と大阪のかたにお断りの電話を入れた。どうするこのキャットタワー。

すると、かのペットシッターさんから、私の隣町に住んでいるかたも欲しいといってくださっていて、車で取りに行ける、という天のお告げが。早速翌日ペットシッターさん同行のもとその女性が我が家にタワーを見にきた。気に入ってくださって、女三人で力をあわせ、ひとり暮らしの味方カグスベールと台車なども活用して、あれよあれよというまに外に運び出された。表ではその女性の友人の花屋さんと軽トラが待ち構えており、そのどっしりと重たい愛の証のキャットタワーは、女四人の力で無事に軽トラに積まれ、運ばれていったのだった。確かにキャットタワーは運ぶのが難しい形態だし会社的にいろいろ規定があるのだろうが、ガタイの大きい野郎ふたりに「運べません」と断られたあの虚しさ。それに比べて、今回の女性たちの行動力のスバラシさ！　これもやっぱり愛ですかねえ。

とにかく、今回の教訓。愛の証はモノではなく、行動で。時間を作ってきちんと向き合う。一緒に遊ぶ。スキンシップは欠かさずに。どうして欲しいのか想像する。妄想に走らない。あれ、これって人間にもあてはまることですか。タワーのあったスペースはぽっかり空いたが、猫たちは全く気にしていない。

食い意地という幸せ

飼い猫の食事は、通称カリカリというドライフード、そしてレトルトや缶詰が主流だ。来る日も来る日もこればっかりである。さらに疾患のある猫は動物病院で指定された療養食に限られる。いくら栄養のバランスが考えられているとはいえ、代わり映えのしないゴハンはなんだか気の毒だ。自分が、もし毎日同じ味の同じ色の同じ食感のものを提供されたとしたら「ちょっといい加減にしてくれ」とひと言文句を言わせてもらうだろう。愛猫家のなかには、猫ゴハンを手作りしているひともいる。そんなひとのお話を聞いたり記事を読んだりすると、なんだか、自分には猫愛が足りないのではないか、と肩身が狭くなる。しかしだからといって手作りゴハンのレシピ本にならって作ったものをうちの猫に提供しても、まったく食べてくれない。小さいころから口にしてきたいつものキャットフード以外、警戒して食べることはない。毎日同じもので気の毒だという気持ちは、もしかしたらこれまた人間の主観で、猫からしたら「別に」ということになるかもしれないが。

対して人間の食べ物に対する欲はものすごい。ナマコやホヤといった見た目にグロテスクなものへのチャレンジや、なれずしやフグの卵巣のぬか漬けなど、そのままでは食べられないものを時間をかけて食べられるものへと変身させる勇気と智恵。虫を食べる文化もある。人間は貪欲に美味しいものを探求し続ける生き物なのだ。さらに今の時代は、自国のみならず、地球の津々浦々の珍しいものを食することができる。行ったこともない国の料理が食べられるレストラン、海の向こうで人気のスウィーツには日本でも行列ができる。デパートの地下にはご馳走がいつも溢れんばかりだ。だが昨今の食欲に対する人間の情熱はいつも沸騰していて、私はちょっと怖いと思う。テレビの情報番組などを観れば、隙《すき》あらば美味しいものを食べたいというひとたちの殺気を感じる。「いいじゃない、美味しいもの」とは思うのだが、本来はとっても珍しくてなかなか口に入らないようなものを、ああヒステリックに称賛して煽られると、「できればさりげなくひっそりと食べて驚きたかった」と思ってしまう。欲の強いひとは生命力も強いとは聞くけれど、そういう意味では私の生命力は劣っているといえるかもしれない。欲に気を揉んでそれを渇望する心労よりも、手の届くところの始末をつけたいと思ってしまう。美味しいものをたくさん知っているひとは、いつも皆の羨望、称賛、尊敬の対象だ。しかしあまりに貪欲すぎるひとを見ると、ちょっと気の毒に思えてくることもある。「そんなに欲しいのか」と。幸福や興奮は食べ物からしかないのか、と。本当に人間は欲深い厄介な生き物である。私は違う。と、そう思っていた。

仕事でダンスのシーンがあった。踊りの素養もなくダンサーでもなく、それなりの年齢をかさねた私には、結構複雑なステップで、資料のDVDを何回も何回も何回も何回も観て、熱心に何度も何度も何度も練習を繰り返していた。家のリビングで。あまりに集中していたのか、脇にソファがあることを一瞬忘れ、そのソファの木枠を右足で思いっきり蹴り上げた。バキーーーンと激痛が走った。経験したことのある打撲の痛さを通り越していたので、これはマズいかも、とは思ったけれど、すぐにアイシングをしたら歩けないほどでもなかったので、ちょっと安心したのだが、翌朝、痛みはひどくなっていた。整形外科でレントゲンとMRIを撮ってもらったところ、診断は猛烈な打撲による骨膜損傷。骨折はしていなかった。あの蹴り上げの衝撃は、

「すわっ、骨折か!」という不安に襲われるものだったので、骨太に産んでくれた親に感謝ひとしおであった。しかし、もちろんドラマの従来の設定どおりのダンスはできなくなり、急きょ、私は踊らずとも歩きつつ上半身のみ参加、という苦肉の設定となり、あらたにその振りつけの稽古場に出向いた。ヒールのあるダンスシューズはもう履くことができないので、スニーカータイプのものに変更。DVDで繰り返し観たダンスより格段単純な、ほぼ歩くだけという振りを、先生に見せていただく。これならば、と私も周りのスタッフも安心の振りつけだった。「では一度合わせてみましょう」ということになり、ポジションについて、テーピングをした右足をかばいながらの、一歩を踏み出したとたんだった。目の前が、突然斜めに傾きスローモーションで上のほうに流れていった。あら？　と思った瞬間、私は床に寝転んでいた。簡単にいうと、滑って転倒したのだった。今度は左の頭と肘を強打した様子。稽古場は騒然となり、稽古は中止。転んだひとはほとんどが「大丈夫です大丈夫です」という。私も同じように転んだ当初は気が張っていて、冷静に事態を把握することができない。確かに大丈夫を主張したけれど、帰りのタクシーの中で、頭から顔面、腕の痛みが徐々に実感できるようになってきた。そしてたった二日の間に次々と負傷をした自分に呆然としていた。

怪我というのは単に肉体の痛みだけでなく、ココロにも同じような痛みを伴う。普段あまり感じないことや、気づかないことに向き合うことになる。遡《さかのぼ》っていろいろ思いを巡らせた。あの時ソファを確認していれば、もっと広いところで練習していれば、練習しなくてもすぐに習得できる能力を持っていれば、そもそもこの年であんな難しいダンスを踊るってありなのか？　いや、己の肉体勝負の役者の仕事、それが無理ならもう現役の資格がないのではないか。私のせいであのシーンは台無しに。今まで精いっぱい準備してきた出演者のみなさんやスタッフの労力はなんだったのか。みんなに心配と迷惑をかけている。頭がジンジンしているが脳みそは無事なのか。私に明日は来るのか。

近所の整骨院に寄って応急の処置をしてもらって家に帰り着いたのは夜の九時前。足も肘も顔も頭も痛い。お腹はすいていたが胸はいっぱいだった。片手で冷凍庫の適当なものを引っ張り出し、解凍して食べた。全然美味しくなかった。頭も打っているしこれが人生最後のゴハンになったら本当に悲しすぎる、と思った。明日は撮影本番だった。

翌朝、私は生きていた。顔も腕も腫れ、肘は伸びないし胸までしか上がらない。落ち込んでいても仕方ないので、気持ちを切り替えて撮影に臨んだ。なんとかすべてのシーンを撮り終え、そのまま整骨院に寄ってまた夜帰宅。目眩《めくるめ》く日々に体もココロもクタクタで、また昨日とおんなじような晩ご飯となった。全然美味しくなかった。怪我と疲労のせいか、体も頭も熱をもっていた。私に明日は来るのか、と思った。そしてこれが最後のゴハンになったら、人生の最大の後悔になると思った。身もココロも弱った私に、その時生まれて初めてといっていい程の醜く猛烈な食への欲望が芽生えたのだった。

翌朝、私は生きていた。その日私は生まれて初めて一人で焼肉を食べた。土曜の家族連れで賑わう店内で、一人悠然と焼肉を食べた。気後れしている場合ではないのだ。これが最後のゴハンになるかもしれないのだ。焼肉は私の中で絶対的一位の存在ではないけれど、今の体調や気分や状況で納得のいくものだった。一人焼肉を食べる私の姿は周りから見たら、ちょっと異様な光景だったかもしれない。カッコ悪かろうが気の毒に見えようが仕方ない。その時の私は、人生最後のゴハンの覚悟で焼肉を食べていたのである。

そして思った。こうして納得して最後のゴハンを決められることはなんと幸福なことだろう。毎日カリカリを与えられるだけの猫たちのなんと健気なことだろう。明日死ぬかもしれない戦争で食べるものの無い日々のなんと悲しいことだろう。病床のチューブで生きながらえることのなんと虚しいことだろう。朝起きたら台所で冷たくなっていた食いしん坊の老猫はどんな気持ちで息を引き取ったのだろう。

ご馳走でなくともいい。明日死んでもいいと納得できるものを食べよう。食い意地を張れる日々のなんと幸せなことよ。ありがたいことに私は今日も生きている。

温故知新

カセットテープが再びキテいるらしい。あの小さくてカタカタかさばる感じが、若者にはどこか懐かしくも新しく、おしゃれでカワイイらしいのだ。渋谷あたりには音楽のカセットテープ専門店もあり、新譜をわざわざカセットテープで発売する若手アーティストもいるそうだ。音質云々といったらデジタルなものにはかなわないが、あのなんともいえない平和な雰囲気のカセットテープは、音楽は音質だけではないのだよ、ぼちぼちね、といっているような気がして、いまひとたびの脚光はなんだか嬉しい。

名人奥田民生の歌の歌詞に「名曲をテープに吹き込んで♪」というのがあって、これは同時代を生きたものには、胸のキュンとなるところだ。つまりこの歌詞は、レコードから自分の好きな曲をカセットテープに編集して、という意味で、今だったら、ダウンロードした曲をスマホで編集する行為にとって代わる。歌詞だったら「名曲をスマホに取り込んで♪」ということになるのか。なんだかグッときませんな。カセットテープののどかで楽しかったところは、録音している実感があったことだ。カセットデッキの再生ボタンと赤い録音ボタンを同時に押せば、カセットテープが回りだし、録音されていることが目に見えてわかった。あとどのくらい録音できるかも、テープの残量で確認することができた。今、音声の録音といえばICレコーダーがそのポジションかもしれないが、それもすでにマイナーか。今はやはり万能のスマホがそれをやってのけてくれるのだろう。でも、テープが回るわけではないし、本当にちゃんと録音されているのか不安だが、たいていみなさん失敗しないようなので（私はほとんど使用しませんが、取材していただくときに声を録音されます）、あまり心配しないようにしている。

カセットテープが音楽用として定着したのは一九七〇年代後半。天下のウォークマンが発売されたのが一九七九年。小林少女は十四歳。その生活はカセットテープと共にあったといってもいいだろう。しかし、私は歩きながら音楽を聴くことができなくて、ウォークマンの恩恵はあまりいただけなかったが。そして一九八〇年代初頭には

CDが登場。ウソー、なにこのピカピカの円盤。なんだか音までピカピカしている。スゴーイ。しかしその一方で、これまでに集めたレコードやカセットテープの音楽たちはどうしてくれるんだ、という気分だったことも確かだ。レコードは持ち歩けないからわざわざテープに吹き込んで、おまけに自分の好きな曲を集めたオリジナルのテープも作って楽しめたけど、CDはすでに持ち歩けるし、CDからお気に入りの曲をコピーする先もCDというのも、なんか、面白くなかった。著作権を守るため、コピーができない仕様のCDもあった。さらに途中MD時代なんかもぼんやりあったりして、なんだかいろいろ複雑になってくる。その後も音楽を携帯する機器があれこれでてくるのだが、私の能力と気持ちが追い付かなくなり、そんなこんなしているうちに、いろんな音楽が巷に生まれては消え、誰が誰だかよくわからなくなるという加齢の激流に流され、音楽そのものをあまり聴かなくなってしまった。

だが無音で始まる一日はとてもいい。気持ちが清々して、頭もすっきりする。町の音に耳を傾けると、かすかな車の往来、饒舌《じょうぜつ》な鳥たちの声、遠くのヘリコプター、隣に住むおじさんの大くしゃみ、子供たちの行ってきます、佐川急便でーす、などなど、実に平和な音に満ちていることに気づく。あんなに音楽が必要だった日々は何だったんだろう。何かが足りなくてそれを音楽が満たしてくれていたとするなら、今私は十分に足りているということなのか。いや音楽の楽しみ方が変わってきた、というふうにも考えられる。今は家で音楽を聴くというより、断然、生で聴きたいと思うようになった。その場合、予習をしていくのが大事なときもある。でもたとえ知らない曲だったとしても、その曲を奏でるアーティストから滲み出る魅力が素晴らしければ、そんなことは問題ではない。曲がいいとか、音がいいとか、音楽を楽しむポイントはたくさんあるけれど、私はやっぱりひとの魅力に感動する。それは才能や技術ともいえる。もちろんそのアーティストが好きか嫌いかというのも大切な要素だが。だから、そんな生々しい音楽はライブでしか味わえないし、家でそんな感動は暑苦しすぎるのだ。そうやって私はすっかり家の外で音楽を楽しむようになっていったのだった。

こんなふうに、音楽の楽しみ方は、レコードから始まり、カセットテープ、CD、MD、配信、というふうにどんどん変化していっているが、どれも、そもそもライブを聴けないから、録音したもので楽しもう、というところから始まったものだ。そう考えると、録音機を発明したエジソン先生は、ほんとうにスゴイ！　と思う。エジソン先生に感謝だ。そうそう、ある世代には、オープンリール、という録音再生機器もこれまた胸躍るものだったそうだ。その姿はカセットテープの親方みたいな大きいテープレコーダー。テープは恐ろしいことにむき出しだ。はっきりした記憶ではないけれど、私が俳優の仕事を始めたばかりの頃、撮影時の音声は、このオープンリールで録音していなかったか？　一九七九年頃の話だ。なんか、そんな気がしてきた。いつか確認してみよう。とにかく、カセットテープ以前は、このオープンリールを若者は活用していたそうだ。カセットテープに比べると、かなり大きな機械だが、いじったことも聴いたこともないので、いつか機会があったら、体験してみたいことのひとつだ。

こだわりの音楽好きは、いまだにレコード盤にこだわる。レコードプレイヤーにレコード盤をのせて針を落とす。チリチリチリという摩擦音がして、深みのある音楽が始まる。なんだか温かい行為だ。CDをプレイヤーにポンと入れて聴くより、あらたまった感がある。贅沢だなあと思う。レコード盤が回っている周りで、ドタバタすると針が跳ねて音楽が飛ぶ。だから、ちゃんとして聴かなくてはいけない。音と向き合う。そんな関係がレコードとひとにはあるような気がする。

先日、ふと立ち寄った金沢蓄音器館で、生まれて初めて蓄音機で音楽を聴いた。エジソンが発明した原型のものから、イギリス製のもの、アメリカ製のもの、日本製のものといろいろ聴かせていただいた。家具調の重厚なもの、持ち運びできる小型のもの。立派なものは当時の家一軒分の値段もしたらしい。驚いたのは、その音の圧倒的な存在感だ。蓄音機はボリュームの調整ができない。だから、聴く人の事情は関係ない。蓄音機は蓄音機ありのままの音を出す。ある意味絶対的な存在だ。その張りのある音量は、いかにもハレの場所にふさわしいものだった。蓄音機で音楽を聴く、というのは、いかに特別で贅沢なことだったのかを実感する。そして、あんなふざけたようなラッパから溢れる音のなんとふくよかなこと。きっとどんな凝った高級なスピーカーで聴く音楽より、温かな波動が体に広がるに違いない。その音はまろやかで、適度に粗く、そこにかえってライブ感があって、妙な臨場感なのだ。なにより堂々としている。蓄音機で音楽を聴くことは、もはやライブだといっていいかもしれない。鼻歌交じりで聴くようなものではないのだ。ちゃんと蓄音機と向かい合わねば！　音楽が流れ、そこに居合わせる人がみな、その音に耳と気持ちを向けている空間の、その独特の一体感。ぎゅっと気がまとまるような。それは不思議な感動のひと時だった。名曲喫茶があるなら蓄音機喫茶があってもいいじゃない、と調べてみたら、名古屋に一軒だけあった。どんな喫茶だろう。名古屋に出かけたら、ぜひ覗いてみたい。いや、蓄音機の音を浴びてきたい。

こうして、若者のカセットテープ回帰現象のように、今、私には蓄音機回帰現象が起きている。ダウンロード音楽から逆行しすぎか。いつでもどこでも気軽に楽しめるものは上手に楽しめず、なかなかお目にかかれないものに惹かれるのも、可哀そうな私の性格だ。

運動

スポーツジムが好きではない理由のひとつに、その準備や後始末の面倒くささがある。運動着に運動靴、飲料水（これが結構重い）、シャワーを浴びた後の基礎化粧品。ロッカールームで服を脱いだり着たりするのも億劫。いちおう人様に顔出しする生業をしているものとしては運動着ひとつにしても、こギレイでなくてはならないだろうし、二の腕をたぷつかせ二重アゴで歯を食いしばっている無防備な姿を人様に見られるのも、どうしたものかと。めったに人に会わない超高級ジムだったらいいかといえば、またそうでもなく、そこに出かけていくためにそれなりの恰好、ステラ・マッカートニーのウエアに着替えて運動しなくてはならないのではないか、などとまた気を揉む。つまりそういう邪念に悩まされる人間はスポーツジムに行かないほうがいいのだ。

そもそもなんで運動するのにわざわざジムに行くのか。トレーナーがいるから？　マシーンがあるから？　確かに、トレーナーやマシーンが必要な人はいるだろう。どうしてもマッチョにならなきゃいけないひととか、ひとの介助がないと運動できないひととか。仕事が忙しくて、わざわざ運動する時間を設けないと運動する機会がない。ひとが集まるところで運動するのが好き。とにかく泳ぐのが好き。ジムでないとできないものがある。どんな？　トランポリンとかズンバとか？　確かに。サウナに入りたい。これもわかる。ジムを否定しているわけではないのだ。

ただ私はもう年齢的に過激な運動に近寄る気はまったくない。そういうものは、もはやナントカの冷や水。もともと頑丈な体質ではないし。これからは気持ちと勢いだけで運動してはいけないお年頃なのだ。身体の節々が、昔とおんなじと思っていると、背中に冷や水がザブーン。もう、どんどん固くなってきてますから。関節使いすぎると炎症をおこしますから。決して運動に消極的ということではなく、五十の山を越え、これからは気を付けていかなくてはいけませんよ、という警鐘を自分に鳴らしているのである。

私はこう見えても、子供のころから運動神経は悪くないほうで、バレーボールや水泳、ソフトボールに短距離走など、そこそこ活躍し、輝かしい子供時代を送った。そのころは、自分が怪我をするわけがない、テレビで観る運動選手のようなことを、自分も練習すればできるものと思っていた。それが小学六年のとき、走り高跳びで首から着地、もちろん捻挫だかなんだか、そんな怪我をした。運が悪ければもっと重大なことになっていた可能性もある。首にコルセットをする痛くて不自由な生活は結構なショックだった。人間の身体の脆《もろ》さを子供なりに体感した出来事だった。その後中学一年のときバレーボール部に入ったものの、先輩後輩という体育会系特有の理不尽な関係性に納得できず、三学期には退部していた。その時、自分には体育会系の精神がまったくないことを自覚したのだった。それ以来、運動らしい運動はしていない。いや、本格的に始めようとしてもどういうわけか、かならずどこかが痛くなって中断せざるを得ない状況になるのである。テニス、ゴルフ、ヨガなど、一般的に長く続けられるといわれるものでもそうだった。身体を動かすのが心底好きならば、多少身体の負傷はあっても、ギリギリのところで折り合いをつけて続けていくのかもしれないが、私の場合そうでもないらしい。「運動で汗をかくのが楽しい」とは、生まれてこのかた一度も思ったことがないのであるからして。

若いころは怪我をしても、普通に生活していれば、そのうちなんとなく元に戻っていた。しかし今はどうだ。リハビリをちゃんとしておかないと、後々そのツケが回ってくる。怪我をしないのが一番だが、運動には怪我がつきもの。では運動しないでじっとしていればいいかというと、そういうことでもなくて。こんなに運動ということを意識すること自体、体の老いに対して切実な手ごたえがあるということだが、十代、二十代は、運動なんて意識しなかった。もう生きていること自体が運動だから。始まりは三十代だろう。それでも三十代前半は二十代の惰性でなんとかのりきれるが、後半は自分の意志で動かないとどんどん体が錆びていく。私の場合、三十代はとにかく犬の散歩で体力の八十パーセントを消耗していた。大型犬との毎日一時間の散歩は、今思えば私にとって大変な運動だった。体力的にいっぱいいっぱいだったが、散歩は楽しかった。家の近所の四季折々の景色を楽しみ、植物の名前をたくさん覚えた。犬との生活が終わった四十代後半は、散歩でマックスにふりきった体力を充塡するかのように、ひたすら温存の時代だった。運動らしい運動はまったくといっていいほどやらなかった。三十代四十代はおかげさまで病気らしい病気もしなかったが、ちょっとした膝の怪我や手の腱鞘炎など、地味なところで加齢のシグナルをうけとるようになるのだった。

そして五十代である。どうやらここからは、運動という能動的な行為にともなう危険とは別に、不可抗力による負傷という可能性も大いに高まるお年ごろのようだ。私の周りでも年齢の近い友人の間で、ギックリ腰、歩き出したとたん肉離れ、家具に足をぶつけて指を骨折、階段から転落して肘の靭帯損傷、などが頻発。今まで気にも留めていなかった自分の運動機能にまさかの黄色いランプが点滅する。昨日まで持ち上げられていた荷物が、昨日まで余裕だった坂道が、昨日まで走り下りていた階段が、急に刃を向けるのだ。運動しているしていないにかかわらず、それらは突然降りかかってくるようだ。昨日まで想像もしなかったまさかの負傷や不調。そういうことを受け止めていくことが年を重ねることなのだ、ということを学ぶ時期なのかもしれない。

そんな、運動に対して病的にまで慎重な私が、最近通い始めたのが、地域の集会所で催される、健康体操教室。もともと、四十代前半の第二子を産んでまもない知人が通っていたもので、なんでも日本で最初に考案された健康体操らしく、年配の方も多く通っているという。「地味だけどなんかいい気がする」というので、いちど体験させてもらうことにしたのである。

集会所の畳の部屋に集まっていたのはその体操協会のユニフォームを着た五十代後半くらいの先生と、四十代から六十代くらいのご婦人がた六人ほど。部屋の隅っこで適当にそれぞれの体操着に着替え、正座してみんなで一礼すると、先生の号令に合わせてみんなで声を出しながらの体操が始まった。「いち、に、さん、し」と呼吸を合わせながらの体操は、型が決まっていて、正座の体勢の地味な動きから、でんぐり返り的な、かなりアクロバティックなものへと展開していくのだった。三十分ほどの体操だが、終わったあとは、いろんなものが体を巡っているような感じで、なんだかすごくいいような気がした。きらびやかなスポーツジムに出入りするよりも、こんな気楽に通えるところのほうが、私は好きなのだった。

さっそく正式にその体操教室に通うことに決め、私の家から一番近い集会所の教室を紹介していただいた。そこは、もっと年齢層がアップしていて、七十代のかたも何人かいるよう。体験教室もそうだったけれど、みなさん朗らかで和気あいあいとしていて、全体的に楽しい雰囲気に満ちていた。それは、もしかしたら、みんなで号令を掛け合う、というそこはかとなく日本ぽい体操が、個人で黙々とノルマをこなしていくスポーツジムとは違う、連帯感のようなものを生んでいるからかもしれない、などと思ったりして。なにより家から体操着ででかけてそのまま帰ってこられるというのが最高だ。そして、普段は個人主義的な私だが、この朗らかなご婦人がたといる心地よさってなんだろう。体操の準備をしていたら、どなたかの名古屋土産の「なごや嬢」が回ってきて思わず和む。いよいよ私も次なるステージにあがったようである。ただ、これでまたどこか痛くなって中断せざるを得なくなったらば、金輪際「運動をしよう」などというヨコシマなことは考えず、余生はじっとしていることにしよう。

舞台のはなし

華やかな都会の喧騒に囲まれたビルの一角。劇場はその中にある。ちょっとした広場の脇にある細長い廊下の入り口には「ここから先関係者以外立ち入り禁止」という立て看板が。その廊下はこれから始まる芝居の楽屋へと続く道だ。その細長い廊下に足を踏み入れると、途端になんともいえない重い胸騒ぎがする。またここに来てしまった。またあの時間が始まるのだという重苦しい気分。

楽屋口には出演者やスタッフの名前が書かれた小さな札が掛かっている。その中の赤い字で書かれた自分の名前の札をひっくり返すと黒字になる。それが楽屋入りしています、という印。すでに黒字の俳優さんも二、三人。重い気分を押し隠して、陽気な声で顔を合わせたひとたちに挨拶する。いつもの楽屋の廊下。差し入れのお菓子やお茶のコーナーは今日も充実していて、制作（楽屋まわりのさまざまな用事をこなしてくれる仕事）の女性たちはパソコンに向かったり差し入れの紙袋を片づけたりして働いている。神棚に手を合わせて自分の楽屋に入ると、まず運動着に着替えてコーヒーを一杯。それから準備運動をして、そのあと軽い食事を。開演の一時間前にはなんとなくメイクを始める。その間にも「客入れ二十分前です」「客入れ開始しました」「開演十五分前です」などとアナウンスが聞こえる。そのたびに「あー、始まっちゃう始まっちゃう」と心臓に嫌な汗をかく。メイクも衣装もつけて楽屋を出て舞台袖に向かうと、他の俳優たちも私と同じような気配を漂わせながら集まっている。お互いに握手をしたりハグをしたり声を掛け合って、勇気をもらう。そして舞台が暗くなる。幕が上がるまでの暗闇に立つとき。それは夜の闇の中、波打つ大海原へ小舟を漕ぎ出す気分だ。怖い。とても怖い。大海原へひとたび放たれた小舟は、もうひたすら必死に舵をとり風にあおられながらも、たどり着くべき岸を目指すしかない。こんな恐ろしい気分は、舞台に立つかぎり続くのだろうか。

私は十四歳から仕事を始めて、その歳月ときたらなかなかのものだが、こと舞台に関して言えば、たったの八作しか経験がない。圧倒的に経験値が低いからか、もともとの小心モノゆえか、舞台に出る支度をしながらいつも心臓に嫌な汗をかく。たとえば一緒に舞台に立つ俳優の経歴を覗いてみれば、一年に三本、四本もの舞台に立ち、それを三十年も続けているようなひともいる。それだけやっていれば、心臓に汗もかかなくなるのだろうか。さらにひとつの役を何百回、ともすれば千回以上演じ続ける役者もいる。それって、心からいうけれど、超人だと思う。きっと同じ役を続ければ続けるほど、自分と役の関係を健全に保つのが難しくなるに違いない。それとも、十代の私に「舞台に立つのは歯を磨くのと一緒よ」といった新劇の女優さんがいたけれど、そんな日常的なところにまで昇華していくものなのだろうか。

四十年近い私の俳優という生業のうちのたった八作の舞台。思い起こすのはたやすいことだ。私の初舞台は、二十歳の時だった。なんとそれもミュージカル。グリム生誕二百年記念の作品で、いろいろなグリム童話をもとに、あの萩尾望都さんが脚色したもの。もちろん歌あり踊りあり。そんなお勉強をしたことが全くないうえに、それまで映像の仕事ばかりだった私には、相当な挑戦であり衝撃だった。私の役は小学五年生の男の子。ランドセルをしょって「ブーーーン」といいながら両手を広げて稽古場を走り回る不条理。実際の舞台の寸法とは違う狭い稽古場で、演出家の鼻の先で芝居をする、みたいな環境もなかなか慣れることができなかった。その時一緒に舞台に立った大人の俳優がたの淡々とした様子が印象的で（みんな子供役）、とにかく舞台というものがどんな風にできあがっていくのかを、ぼんやりながらも知ることができた。そしてそのミュージカルの翌年だったか、次はある劇団に客演させていただいた。ミュージカルの千人単位の劇場からいきなり百席そこそこの小劇場での芝居。ここでもいろいろ初めてのことばかりだったが、とにかく喜劇とは、こんなにも神経を擦り減らしながら作っていくものなのか、と稽古のたびに胃がキリキリ痛んだ。神経の張りつめた稽古場で、罵られながらも必死に稽古をする若手の役者たち（私より年上でしたが）の思いつめた表情が印象的だった。それから十六年ほど舞台から遠のいてしまい、次に舞台に立ったのは三十七歳。ニール・サイモンの「おかしな2人」という喜劇だった。これは男性バージョンと女性バージョンを昼夜同時上演というユニークな試みだった。同世代の、舞台経験豊富な俳優がたくさん出ていて、稽古も楽屋も賑やかで楽しかった。楽屋はどういうふうに整えるかとか、実践的な経験をたくさんさせてもらった。そしてその翌年、野田秀樹さんの「オイル」に。私の役はコーンパイプをくわえたアメリカの進駐軍人マッサーカ。いつもニヤニヤ笑っている野田さんの目の奥から時々鋭いビームがビビビっ！と発射されるのを見たし、なんだか華やかで熱いお芝居だった。そしてその二年後には夏目漱石の『夢十夜』をもとにした「新編・吾輩は猫である」。丸髷に着物という、これまた初めての扮装で文豪の妻鏡子夫人を。そしてその五年後に、ロンドンを舞台にした家庭劇「ハーパー・リーガン」。壊れかけた家庭を飛び出してさすらううちに、再びやり直そうと家族と向き合う主婦ハーパーを。そしてさらにその六年後、身体表現の試みを重視した三人芝居「あの大《おお》鴉《がらす》、さえも」で、もともと男性三人芝居だったものを、そのまま女性三人で。男のセリフそのままを喋りながら見えないガラスを運んだ。そしてその翌年は、チェーホフ作『桜の園』を再構築した「24番地の桜の園」で、没落していくロシアの貴族の女領主を。

こうして振り返ってみると、舞台って、毎回まったく新しいことの挑戦だ。新しいことはわくわくするのだけれど、舞台に上がる前の心臓に汗をかく感じは二十歳のときと変わらない。その緊張感は映像の仕事では体験することのない苦しさだ。「なんでこんなこと始めちゃったんだろ」と逃げ出したくなる。そしてそんな私を待っているのが、あの、幕が上がる前の暗闇だ。

舞台の稽古場は、映画やテレビの仕事場とは異なる独特の空間だ。俳優たちはメイクも衣装もつけず、素の自分に一番近い丸腰の状態で集まっている。恰好つけることも、嘘をつくこともできない。そのシーンに出ている俳優だけで何度かテストをして本番をカメラにおさめて次へ、という映像の現場のような消化感がない。苦手なところは何度も何度も繰り返し、正解のない正解を探る。演出家のイメージをうまく表現できなくて、悩んだり苦しんだり憤ったりする姿をみんなが見ている。そして、そっと励ましてくれたり、助言をくれたり、笑い飛ばしたり、まさにチームワークがそこにある。妬みや憎しみの渦巻く稽古場もあるだろう。しかし、チームワークがよかろうが、妬みや憎しみが渦巻こうが、役者が最終的に戦う相手は自分自身に違いないのだ。そんな厳しさに向き合っている役者たちの横顔はクールでどこか神々しい。

幕が上がって、舞台に明かりがあたり、これまでさんざん稽古してきたことを、俳優は舞台で繰り返し演じる。当たり前だけれど、それまで稽古場ではそれぞれ素顔にジャージ姿だったのが、みな綺麗に顔をつくって晴れ晴れしい衣装に身を包んでいるのがなんだか不思議だ。自分と役のギャップに悩み、演出家に絞られ、自分の苦手な場面の稽古の順番がこなければいい、なんて私と同じことを思っていたであろう共演者が、こともなげにその場面を演じている姿を舞台袖から見ると、あのもやもやしていた稽古場の日々を思い出して、ちょっと胸が熱くなったりする。

毎日劇場に通って同じ芝居をするのは、昨日と同じ夢を見続けることに似ている。本当に不思議な感覚だ。そしてどこか息苦しい。早く夢から覚めたい！　こんなことを続けられる俳優とは、つくづく不思議な人種だと思うのであります。

ゴハンのこと

　ある大先輩と映画の現場でご一緒した時のこと。お昼休憩に、ロケ弁を一緒の部屋でいただく状況になり、その大先輩は、揚げ物メインでご飯がみちみちに詰められたロケ弁のおかずにはほとんど手をつけず、自宅から持参したぬか漬けを取り出した。

「こんなにゴハン食べられないわよねえ」

と、大先輩はキュウリやナスのぬか漬けでみちみちのご飯に箸をつけ、それでもみちみちに残ったご飯を、もったいない、とこれまた持参したタッパーウェアに、

「帰って晩ご飯にね」

　といって詰めたのだった。ロケ弁のご飯を詰めなおして持ち帰るという発想がまったくなかったので、この大先輩の行動にはちょっとびっくりしたが、確かに、仕事の現場でいただくお弁当は、立ち働くスタッフが満足できるようにとかなりがっつりし

ていて、完食するには量が多い。さらに食べ過ぎると眠くなるので、私は腹七・五分目くらいを心がける。となると、お弁当はそのほとんどがゴミとなって捨てられることになる。それを考えると、せめてご飯だけでも、と残したご飯を持ち帰るのは、お米の国の人としてまっとうな気がするのだった。そして、いつも心の中で「残してごめんなさい」と思いながらもお弁当を捨てる自分が、あらためてとてもひどいことをしている人間のように思われた。その大先輩もご家族はそれぞれ独立して今はひとり暮らしだそうで、ひとり分の晩ご飯はそのタッパーウェアのご飯で十分なのだ。ロケ弁のご飯を持ち帰るという行為は、そこはかとなく生活感をともない、見方によっては「けち臭い」「貧乏臭い」になりかねない。しかしその大先輩は、けち臭くも貧乏臭くもなく、ただまっとうなのだった。

そんな大先輩は、美味しいものが好きで、赤坂や青山といった華々しい街の美味しいお店に、ひとりでもでかけて食事を楽しんでくるという。それも、フラッとはいれるような店ではなく、板前さんとガチな店や、座敷に通されて鹿威《ししおど》しが聞こえるような老舗や、上海蟹を丁寧にほぐして出してくれるような中華料理店などなど。美味しいお店の発掘にも熱心なようで、

「聡美さんはよく行くお店ってある？」

と聞かれ、

「あ、学芸大学にすごく美味しいお好み焼き屋さんがあって」

と答えたら、

「……お好み焼き」

と会話が心なしかしんみりしてしまった。板前さんとガチだったり鹿威しだったり上海蟹ほぐしだったりするお店は、いってみればエンターテイメントだ。そういうものはあちらのおもてなしに応えるだけの気合がないととても疲れる。そういうお店が好きな大先輩は、だから、きっとお元気なのだ。エンターテイメントは、楽しくて気が晴れ晴れする。そして、

「一流のお店は一流のひとに会えるから」

ともおっしゃっていた。なるほど。そういえばデヴィ夫人も、一流のひとといつ会ってもいいようにと、一流のお洋服を着てすごしていたら、帝国ホテルのロビーで、スカルノ大統領に見初められたという話を、読んだか聞いたか観たような気がする。いわゆる〝引き寄せ〟というやつですね。とすれば学芸大学のお好み焼き屋さんで引

き寄せるものはなんだろう……。とにかく、一流のひとはロケ弁のご飯を持ち帰るのも当たり前のこと、堂々としているのだった。

私は美味しいものは大好きだが（嫌いな人がいるだろうか）、かといって、ひとりでガチなお店に乗り込むような行動力？　気合？　はない。晩ご飯用に美味しそうなお肉を買って、家で焼いてひとりで食べるほうが好きだ。多少焼きすぎても気にしない。大きな苺を、ひとりで好きなだけ食べる幸せ。食後は、好きなようにグダグダして、それから後片付けをする。一流とは程遠いが、そんな気やすい食卓が好きだ。とはいえ、たまに気の置けない友人たちと街場のレストランに集まるのもいい。お店は美味しいもの好きな友人におまかせ。そこで口にしたウニの香ばしさや白子の甘さに五臓六腑が身悶えする、そのなんともいえない幸福たるや。外でいただく食事は、家とは違うハレ感が重要だ。いっぽう家での食卓は、楽ちんで健康にいいものが最優先。焼くだけ、茹でるだけ、もちろん生のまま大歓迎。とても原始的な食事だ。だから、

「小林さんは普段からきちんと暮らしている印象です」

とかたまに言われると、「きちんと」ってどんなことだろう、と考えてしまう。たしかに若いころと比べてスナック菓子はほとんど食べなくなったし、インスタントも

のも滅多に口にしないけれど、賞味期限の切れた卵とか瓶ものとか、平気で食べるし（この間五年前の未開封の羊羹を食べたけど大丈夫だった）、野菜もどんどん冷凍して、栄養素とか大丈夫なのかな的な、テキトーな感じだし。ただひたすら自分の体のご機嫌と相談しながら、過不足なく食事を供給する。切るのも茹でるのも面倒な時は出来合いのもので済ませる。それで、「きちんと」しているといえますか。いいんです。きちんとしていようとしていまいと、それが私の食事の仕方なのです。正直、もはやひとのために食事を用意するとか、そういうモードへの切り替えはむつかしいことになっている。とにかく、切る、焼く、茹でる、生、である。

料理といえば、八十五になった父親が、このところ料理にめざましい手腕を発揮している。もともと職人で、手先が器用なひとだったのかもしれないが、引退後も地域の新聞づくりに参加したり、寄り合いに積極的に顔をだしたりして、男性にありがちな「家でゴロゴロしていて家族に邪険にされる」という状況はないようだった。料理に目覚めたきっかけは、皮肉にも夫婦の不仲によるものと、私は見ている。老齢の域に達しても相変わらず和解、譲歩といった友好的な気配の漂わない父と母だが、あるころから、ここはお互いになるべく自分のペースで暮らしていこうじゃないかと、自分の食べたいものを食べたい時に、と、それぞれ各自で用意することにしたのだ。そこに近所に住む孫たちが週一度、家に食事をしに寄ることになり、その食事係を老夫婦で交代に受け持つことになった。それから父は料理番組をまめにチェックするようになり、幾度のトライアルアンドエラーを踏みつつも、めきめきと腕をあげ、圧力鍋で豚肉の塊を煮つけたり、コンロのグリルを活用して洒落たイワシのおかずなんかを作っては孫たちに喜ばれるようにまでなった。さらに地域の寄り合いにも料理を差し入れると、美味しいと評判になり、そこでさらにはりきって腕を振るうように。

「小林さんの煮た大根、あれは最高だ」

と数少なくなった同年代の友人のおじいさんがしみじみ言うのを私は聞いた。去年の自分の誕生日には主賓であるにもかかわらず、前日から仕込んだという、家族十二人分の鶏肉料理をふるまい、それがまたいい味のいい焼き上がり加減で、子供たちや孫たちから絶賛の嵐。お正月には田舎から送られてきた里芋と舞茸のたっぷり入った芋の子汁をこれまた十二人分作って褒められ、ご満悦の様子だった。ひとのために作って、それが喜ばれるということは、きっとなにより上達へのモチベーションになるのだろう。かといって、八十五歳の父親が料理をするようになって生き生きと若返ったかというと、そうとも思えない。耳は信じられないくらい遠いし、動きも緩慢だし、はきはきもしゃべれない。じいさん色のジャンパーとズボンにじいさん帽子を被った父親はどう見ても料理上手なひとには見えない。だが、そこが面白い。「ひとは見かけによらない」というのは、こういうことなのだなと。こんなじいさんが、圧力鍋で豚の角煮を作れるなんて誰も思わないだろう。

テキトーな私の中にも料理萌えの遺伝子が組み込まれているとすると、いつかそれが開花する時がくるのだろうか。一流のひとになるより、そちらの可能性のほうが高いかもしれない。

憧れと妄想と現実と

十代後半から二十代にかけて、時代の好景気もあってか、海外に出かける仕事が少なくなかった。クイズ番組の出題や、ドキュメンタリー番組、ときどきドラマのロケもあった。自分で出かける旅とは違って、仕事の旅は普段なかなか入れない場所に入れたり、お会いできないひとにお目にかかれたり、撮影スケジュールは過酷だけれど、とても刺激的だった。今のように海外の情報は多くなくて、世界中が今よりもっとのどかだった時代。

大都会の迫力にも興奮したけれど、私は昔から田舎のほうが好きだった。車が通ると道路には土埃があがって、ひとびとが日陰に座ってたのしげに世間話をしているような、そんな場所。嬉しいことに海外ロケはそんな場所が多く、私はそういう暮らしを心から羨ましいと思ったものである。そして、本当に気に入った場所は、どんなに遠くても「また絶対に来る！　いつでも来られる！」と余裕をかましていた。はたちそこそこの私は、人生にはまだ時間がたっぷりあると信じていたのだ。

しかしどうした。いつのまにかこんなに大人になってしまった。時間の経つのはどうしてこんなに早いのかなどと今更嘆いてもはじまらないが、いつでもできる、いつでも行けると思っていたことの大部分は実現できていない。あの時またいつか来ようと思ったカリブ海の小さな島には、あれ以来まったく行けていないし、あの時の熱い旅情は、今となってはうすらぼんやりした憧れ、思慕となってしまった。実際そのあたりの地域はその後、クーデターで情勢が混乱するなどして渡航が難しくなってしまい、こんなふうに時間というものは自分の気持ちだけでなく、取り巻くいろいろなものまで変えてゆくものなのだと、追い追いわかってくるのだった。そんなことがわかってくるから、おばちゃんおじちゃんは図々しくなるのか。今なのだ。今しかないのだ。目の前の！

とはいうものの、いまだに懲りない「いつか」はあって、「始めるのに遅すぎることはない」などという名言に励まされて、ついまた油断してしまう。じゃあ、今からピアニストになれますか。バレリーナになれますか。パイロットになれますか。って。

ほら。だからそのへんは往生際よく諦めることにしても、たとえば山歩きはどうだろう。田舎暮らしは。実は私はまだそんな「いつか」を捨て切れていない。そんな「いつか」ならまだ間に合わないだろうか。ひとと競ったり、資格がないとできないものではないこれらは、なんか、できる気がしないでもないのだ。若いころは、ひとに連れていってもらって、キャンプみたいなことをして遊んだこともあった。流行っていたし。流行っていたからキャンプ場は混んでいて、お隣のテントがすぐ目の前、両脇にあった。洗い場も行列だったりして、自然の中でくつろぐというよりも、なんとなく避難訓練みたいな雰囲気だった。かといって何十キロもの荷物を担いで人里離れた山奥でテントを張って寝るというのも、憧れるけれど、どこから始めていいか皆目わからないし、自分にはそんな根性も体力もないのだった。

それでも、そういう遊びにはずっと憧れていて、いつか、そういうことの得意なひとが「一緒に行かない?」なんて誘ってくれる日が来るんじゃないかと、念じるともなく念じていたけれど、いっこうにその気配のないまま、気が付けばもう、五十代半ばにさしかかっている。もうここまできたら急に山なんかには登れないし。地下鉄の階段上って地上に出るだけで精いっぱいだ。だったらせめて平坦なところを歩くハイキング的なことから始めたらいいのでは、とガイドブックなぞを開いては、やっぱり仲間がいないと不安、でもひとりで歩くのも魅力的、などといろいろ考えているうちにただただ時間が過ぎるばかり。新聞の仲間募集欄の「集まりませんか。野鳥を探すウォーキング」というのに目がとまれば、真剣に集合場所の駅にはどう行ったらいいのか調べている自分。しかしそれを行動に移す勇気もいまいちない。正直、何千メートルとかいう登山はちょっと(いや絶望的に)無理かも、と思ってはいるが、ひらぺったい山でも登山は登山、そんなひらぺったいところから歩いてみるのもいいんじゃないか、などと、また妄想はとまらない。

私の憧れの暮らしをしていたトーベ・ヤンソン、石井桃子さん、ターシャ・テューダー。彼女たちはみな、自力で田舎暮らしを開拓したひとたちだ。画家であり「ムーミン」の作者でもあるトーベ・ヤンソンはバルト海のクルーヴハル島という小さな島に小屋を建て、三十年近くにわたって夏をそこで過ごした。地べたがほぼ岩で、爆薬を仕掛けて家の土台を作るところからの家づくり。もちろん水道も電気もガスもない。畳でいうと十二畳あるかないかのひと部屋に台所、机、寝台がコンパクトにおさまっていた。周りは海。風と光と海だけの世界。その孤独感がなんとも魅力的だ。翻訳家で児童文学作家の石井桃子さんは、戦後の食糧難で宮城県の山村に移り、友人と家を建てるところから開墾生活を始める。厳しい暮らしであったにもかかわらず、著書にみるその暮らしは生き生きと輝いている。そして画家、絵本作家のターシャ・テューダーは五十七歳の時、バーモント州に息子の手を借りて家を建て、広大な庭の植物を愛でながら暮らした。この三人の女性たちの行動力の素晴らしさ！　こういう話に心底痺れてしまう。そしてお三方ともその暮らしぶりだけでなく、お仕事ぶりも素晴らしい。もちろん時には男手も借りて、彼女たちは田舎の暮らしを実現させたわけだが、その暮らしは基本的に男ナシ。トーベと石井さんには女性のパートナーがいたし、ターシャは老婆になってもひとり暮らし。気の合う女同士のほうが気の利かない男と暮らすより数段いいのかもしれない。そしてターシャには最強兵器といえる息子というものが毎日訪ねてきて生存確認と、力仕事を。つまり、私の憧れのこの女性たちにはみな心強いパートナーや助っ人がいるということだ。人里離れたサビシイところにひとりで住む女、なんていうのは、変人の可能性が高いが、変人にだって心強いパートナーがいてくれたほうがいいに決まっている。しかしこのままでは田舎暮らしに同調してくれるパートナーを探しているうちにまたあれよあれよと時間が経ってしまいそうだ。こういうのは勢いが必要だと思う。流れを見極めてその機をつかむ気転も。流れてきたそうめんをグズグズとすくうようではいけない。ぴゃっとすくってぺっと飲み込む。

かつてそんなふうにして勢いで始めたことがあった。十二年ほど前、女友だち四人で、八ヶ岳の山荘の庭に花の種や苗木を植えて「園芸部」と称し、ターシャ・テューダーの庭を目指せと繁く通ったのだった。しかし、現実問題、住居としていないところの庭の管理は想像以上に難しく、留守にしている間に出てきた芽は鳥に食べられ、球根は鹿に食べられ、そのたびにキャーキャーいいながら対策を練ったりして遊んでいたが、庭づくりを一から、なんて、重機や専門家の力を借りないとほぼ不可能なのだということに、四年続けてやっと気づくのだった。そしてそんなことができたのも、私たちの「いつか」のタイミングが奇跡的にピタっとあったから。その仲間たちも今はそれぞれの暮らしに忙しく、再びそういう時間をつくるのはとても難しいし、みんなが同じ気持ちになることは、もっと難しいかもしれない。

目下のところ、そんな私の憧れの挑戦や暮らしは、妄想の域を超えていないが、「いつか」というこの世にまだ存在しないものに囚われすぎるのも、どうかな、と最近思いはじめている。それは流れてこないそうめんを待っているようなもの。そもそも流しそうめんは好きじゃないし。ありきたりかもしれないけれど、できることを楽しむ。したいことをする。まずはそんなところから足場を固めていこう。急に現実的。

お猿のつぶやき

電車の中の広告モニター。いつごろから設置されるようになったのか記憶が定かでないが、最近とてもよく見かけるようになった。

いったい何を宣伝しているのか、つい気になって見上げてしまう。電車の中だから音声はないがテロップや吹き出しで何の宣伝かはわかる。ビールやチューハイなどの飲料、脱毛し放題、美容器具や化粧品、宝くじなどが多いようだ。テレビで流れる宣伝とは尺も内容も違うようだから、たぶん、電車内専用に制作されたものなのだろう。人間これといって集中することがないとつい目の前の動くものに目をやってしまう。そういう、ひとがボーっとする瞬間をものがさない働き者の電車内モニター。もっとも乗客のほとんどは大抵手元の携帯電話をいじっているか、疲れ果てて寝こけている。それでも電車内のモニター広告はダメ元というか、ダメ押しという感じでグルグルと流れ続けている。

最近ではタクシーにもモニターが装備されていることが多くなった。ひところは後部座席に向かって真ん中へんに漠然とモニターが設置されていたが、今では助手席の背中、つまり、後部座席左側の乗客に的を絞ってがっつり設置されている。モニターが漠然としていたころは、おじさんと小さな女の子が他愛もない話を繰り広げるとか、手作り感のある番組のようなものも多かった気がするが、今ではすっかり広告が主流のようだ。モニターも良くなったからかどれも映像に力が入っていて美しい。しかし走行しながら目の前のモニターを見るなんて、酔いそう。タクシーに乗ってモニターがついていたら、迷わずＯＦＦにしていたのだが、恐ろしいことに、最近ではその煌々としたモニターの電源近くに「お手を触れないでください」と注意書きがしてある時もある。消してはいけないのだ。なにがなんでもＯＮ。たぶんほとんどのひとは、タクシーに乗ったら携帯電話のチェックで広告どころではないだろうが、いまだガラケイ派（私のように）の手持無沙汰なひとたちにまで、くまなく宣伝が行き届くように、ということなのだろうか。あっぱれな商売魂だ。

若いひとはテレビを観ないらしい。パソコンももはや、といった感じで、いまさらな感慨ではあるけれどやっぱりケータイなのだ。「大きいことはいいことだ」で育った高度経済成長期世代の私は、テレビなら大画面、映画なら大スクリーン、ジェットコースターならフジヤマ、プロレスならジャイアント馬場、とにかくジャンボがすごい、ということで大人になった。だからわざわざケータイのような小さな画面で一日中とったりやったり、ゲームをしたり、ましてや映画を観るなんて、「なにちまちまやってんだ」と思う。最近は物理的に老眼問題もあって、すっかり小さな画面拒否症だ。でも、そんな小さな画面は、今、世界の果てにまでつながっている。目の前のジャンボばかりがありがたいことでもないらしいのだ。

子供たちのなりたい職業のナンバーワンは「ユーチューバー」だという。自分で作った動画を投稿して世界中のひとに観てもらう。世界に開かれたユーチューブは恰好の自己表現、自己実現の場だ。しかしそれがどうやってお金を稼ぐことになるのか、その仕組みがいまもってよくわからない。なんでも自分の投稿をたくさんのひとが観ると、その投稿に広告がついて、その広告料が収入になるというのだが、じゃあそのお金はどうやって手にするのだろう。銀行振込？　小切手？　仮想通貨？　そもそもどうやって動画を投稿するのか、そこからわからない。そんなユーチューブも今や大画面で楽しむ時代のようで、この間泊まったホテルでは、部屋の壁掛けの大画面テレビの設定が最初からユーチューブになっていて、観たいものを選択してお楽しみください的なことになっていたが、普段見慣れないので、あれこれ試し見してはやめ、いたずらに時間を消耗し、結局そのおもてなしを満喫することはできなかった。

世の中に新しいものが出始めると、抵抗なく楽しめるのが若い世代だ。自分は抵抗している気はないのだが、今使っているので不便はないからいいやと思ってしまう。でも科学や文明の進歩には段階があって、それをなぞっていくから難なく次に行けるのであって、私のようなのは、いきなり夢のような機器やシステムを、どうぞ！といわれてもどう始めていいのやらわからなくて、お猿さんのように指でつついたり匂いを嗅いだりするしかない。そしていつの世も丁度今の私の年齢くらいが「お猿さん世代」の始まりかもしれない。その昔、電車の切符の自動販売機ができたり、テレビのチャンネルがリモコンになったり、銀行にATM（昔はキャッシュコーナーとか言っていた気が）ができたり、クレジットカードができたり、今思えばすべて簡単便利であたりまえ、といったものが、お猿さん世代の間では「もー、なんか、よくわからないわねえ」と、井戸端会議の話題にのぼったはずだ。

きっとどんな仕事をしていても、科学や文明の進化の波はやってくる。今までやってきたことはもうおしまいで、新しいことを導入して、覚えて練習して世の中スムーズに回っていくよう頑張らねばならない。私の仕事もそうだ。俳優の本地は肉体を使ってお芝居をすること。それは、変わらない。それって、よく考えると、機械ではつくりだせない手仕事のようなもの。手刺繡とか手染めとか、手彫りとか、きわめて形の緩いもの。だからこそ味わいがいろいろあって面白い。そこの部分は変わりようがないのだけれど、俳優のいる場所が、もう、すごく多様になってきている。姿を見せ、言葉を発するのは俳優。けれどその場所がどこなのか、何をしているのか、もー、お猿さん世代にはよくわからんのです。

たとえば俳優の仕事には演技をする以外に、宣伝活動というものもあって、普段出てこないような俳優がクイズ番組やトーク番組、雑誌や新聞などのインタビューに登場し、出演した作品の宣伝もさせてもらうことがままある。これがまた重要な仕事といっていい。しかし、それが今まではテレビやラジオ、雑誌、新聞、とわかりやすかったのにくらべて、今は、どこでどう宣伝がなされているのかよくわからないまま、「コメントお願いします」とコメントなるものを求められ、「よろしくお願いしまーす」なんてカメラに手を振ったりする。そしてそれが、どうやってひとさまに観ていただけているのか、皆目謎なのだった。というのも、媒体が非常に多岐にわたっていて、それこそインターネットを駆使して、あちこちでさまざまな形態で宣伝されているらしいのだ。SNSはもちろんのこと、番組放送の裏で、出演者が集まって副音声を生放送、とか、ラインのライブで宣伝コメント配信とか。ウェブマガジンくらいまではその言葉の意味でわかるけれど、配信とかいわれると、もうお猿さん状態。

ドラマ自体も配信で視聴するものが増えてきているが、視聴の仕方がよくわからない（まず配信の会社と契約する必要があるのはわかります）、同じようなお猿さん世代の友人に質問されても「ねー」としか返答できない。考えてみれば俳優という仕事も、舞台から始まって、映画ができて、ラジオができてテレビができて、きっとそのたびにお猿さん世代の俳優さんたちは「ねー」といいながら新しい場所にその身を置いてきたのに違いない。そして今私も。

それにしたって落語のチケットもかき氷の整理券もケータイがないと手に入れることができない時代。大阪万博の太陽の塔を仰ぎ未来を夢見た少年少女たちはこんな悪夢のような時代がくるなんて想像できたろうか。少年少女たちはブイブイ成長して、気が付くといつのまにかお猿さん世代になっていて、輝かしい未来からきた夢の形をおっかなびっくりつついたり、匂いを嗅いだりして「どうするの？」とまわりをキョロキョロみまわすのだった。

さてモニター広告は華やかだけど、タクシーの背もたれに差し込んであった増毛とか美容整形とか、お金儲けのパンフレット、あれなんか怪しくてちょっとドキドキしたなあ。あれももはや懐かしい景色になっていくのだなあ。

夏の災難あれこれ

この夏は暑かった。なんでも日本の気象観測史上いちばんの暑さを記録したところもあったとか。昔、インドでボリウッドダンスを踊らされたときの気温が四十度だった。世界にはこんな暑いところがあるのか、さすがインド！　と驚嘆したものだが、そんな驚きの体感がもはや日本各地で味わえる。これはいったいどうしたことか。インドと京都がほぼ同じ気温って。暑さではインドと肩を並べた京都だが、川床とか涼をとるための文化が慎み深そうで心配極まりない。舞妓はんとか芸妓さんとか、もう心配。浴衣体験している外国人観光客も。気温四十度だったら浴衣よりサリーを断然お薦めしたい。

だがそんな呑気なことも言っていられなかったのが西日本の豪雨被害だ。さらに豪雨の後のいきなりの猛暑。停電で冷房も水も使えない生活の過酷さは想像を超えるものだろう。猛暑も豪雨も地震も噴火も。そんなかつてない自然の猛威にいつ見舞われてもおかしくない、という緊迫感がこのところ列島離島に漂っている。しかし、どんな時でもお腹がすけば眠くもなるのがニンゲンというもの。そういう緊張とはまた別のところで、私たちの日常は淡々と営まれているのだった。

私はこの夏、おそらく四十年ぶりくらいで、ものもらいになった。はじめは瞬きをする時に、上瞼にかすかな痛みを感じていたのが、翌日にははっきりした痛みになってきた。その時点ではまだ赤みや腫れは確認されなかったが、悪化する前に症状を抑えられたらと、眼科にかかったのだった。

その女医さんは、まだものもらいっぽくない私の瞼をひっくり返し「ああ、たしかに炎症がありますね」と軟膏の目薬を処方してくださった。それはガラスの細い棒の先に軟膏をとり、それを瞼で挟んで目の中に塗り込むという、生まれて初めての手当てだった。昔のように、ホウ酸水で目を洗ったりしないのだ。軟膏ののった繊細なガラス棒をあっかんべーした下瞼にセットし、軽く瞼を閉じて挟んだガラス棒を横に引く。ガラス棒を目に当てるというのがまた妙に緊張する。なんとなく『春琴抄』っぽいというか、S的というかM的というか、とにかくお尻のあたりがもぞもぞする手当てだった。

翌日は仕事だった。そして、あんなにお尻をもぞもぞさせながら目の中に軟膏を塗ったのに、瞼は昨日よりあきらかに赤く腫れていた。悪化というやつだ。メガネをかければ、なんとか誤魔化せそうだったので、スタッフに事情を話し、その日は自前の老眼鏡をかけて収録にのぞんだ。意外と目の腫れは気づかれず、かえって「メガネ姿、いいね！」なんていってくれるひともいたりして、こういう時こそ、変な自意識をもたず普通にしていたほうがいいのだな、と思った。他人はひとの顔などそれほど気にはしていないのだ。しかしその後、瞼はどんどん赤く、痛く、痒くなっていった。そういえば昨日の女医さんは「ものもらい」とはひとことも言わなかった。本当にこれはものもらいなのか。ものもらいってこんなに痒かったか。少し不安になって、確かめたいと思ったが、女医さんのところはいつも混んでいるうえ、ちょっと怖いかんじの女医さんだったので、せっかくだからセカンドオピニオンを、と別の眼科に行ってみることにした。

収録後、さっそく出かけた眼科は、今度は優しそうなオトコ先生。やっぱりものもらいだった。昨日もらった目の中に塗る軟膏は効きめが弱いからと、点眼薬を二種類。

やっぱりここでもホウ酸水は登場しないのだった。

それにしてもあのホウ酸水で目を洗うというのは、どこかまじないじみていてワクワクしたものだ。ホウ酸をぬるま湯でとかして、そこにガーゼを浸し、それをピンセットでつまみあげ、ホウ酸水を滴らせながら目を拭う。特に色も匂いもないけれど、あのなんとも絶妙な温さのホウ酸水をじょぼじょぼさせながら目を拭う行為の妖しさ。それとともに思い出したのが、つげの櫛《くし》の背を焼いてものもらいに押し付けるという、これまたまじない的な手当て。大正生まれの伯母が、ぽってりとしたつげの櫛の背をコンロの火で焼いてまだ熱い少し焦げたそれを、小さかった私の瞼にあててくれた。はたしてどんな効果があったのだろうか。

大人になってからの私のものもらいはその後、ゆっくりゆっくり、ほんとうにゆっくりしぼんでいくのだが、しかし、そろそろひと月もたとうというのに、まだコリコリした芯は消えない。これって加齢にともなう新陳代謝的な問題なのだろうか。そして、どんなに慎重に前もって眼科を受診しようが、ものもらいが始まったら、なるものはなるのだ、ということもよくわかった。

もうひとつ、この夏私が心を砕いたのが、老猫の介護。十六歳になるおじいさん猫は、何かのアレルギーらしく、お腹を舐めまくり、数年前からお腹が禿げている。ひどいときはエリザベスカラーをつけてお腹を防護している。おまけに幼猫の頃から慢性の副鼻腔炎で、いつも鼻をすぴすぴいわせている。今年の夏は梅雨があっという間に明け、いきなり連日の猛暑。人間もそうだったから猫もそうに違いないが、身体がその気候の変化に順応できないのだろう、食欲も落ちて、顔つきはぼんやり、体も薄くなってきた。さらにゲホゲホとへんな咳のようなクシャミのようなものを頻繁にするようになり、病院に連れていくと、心臓と肺、気管支が悪いということだった。猫の十六歳はまだまだという気もするし、もともと野良猫だったことを考えるとよくここまで生きた、とも思う。とりあえず、呼吸が楽になるように、薬を朝晩数種類飲ませることになった。ご飯も回数を分けて根気よく食べさせる。すると老猫は顔つきもしっかりしてきて、だんだん元気になってきた。ところが元気になってくると、アレルギーのほうも元気になってくるようで、私が目を離したすきに舐めまくったお腹がかさぶたでガビガビになってしまった。慌ててエリザベスカラーをすると、「病人にこんなものまでつけるんですか」といわんばかりにどんよりと陰気になる。しかしアレルギーと一生付き合うって、一生エリザベスカラーをつけ続けることなのだなあと考えると、本当に気の毒だ。もう少しなんとかならないものかと思い、以前から知人に提案されていたカラーならぬエリザベスウエアなるものを試してみようかと思い立った。

猫に服を着せるなんてありえない！　と常々思っている私だが、世の中には「術後服」と呼ばれる手術後の傷を舐めないよう着せる服があるそうだ。お腹を舐める猫は世の中にもたくさんいるようで、カラーのかわりにその術後服を着せている飼い主さんも多いらしい。インターネットで術後服と調べると、手作りのものや獣医師と共同して開発したものなどいろいろ出てきた。初めてなので、その獣医師と開発したというものを注文。届いたのは黄色いロンパースのような服だった。

エリザベスカラーを外されて一瞬陽気に走り回った老猫だが、次の瞬間捕らえられ無情にも服を着せられる。気性が荒くないのが本当に助かるが、生まれて初めて服を着せられ、呆然としたままトコトコへんな小走りでどこかに消えてしまった。猫も初めてだろうが、私も服を着た猫が家にいるのは初めてのこと。なんだかとても不思議な光景だ。大きさが丁度ヒトの新生児くらいなので、毛むくじゃらの新生児がロンパースを着てハイハイして走り回っているような錯覚。この暑さで服を着せられる猫もたまったものではないが、それでも、エリザベスカラーをつけている時よりも動きが活発で多少は楽そうだ。でも結局、これもカラーと同じこと。一生服を着せるのか。それもあまりに気の毒。嗚呼。獣医さんにいただいた軟膏が効いている時は症状も軽いので、今のところ、カラー、服、裸（自由）の三本柱でアレルギーとは付き合っていくことになりそうだ。

そんな、ものもらいと老猫介護の私の夏。ニンゲンも猫も健やかであれ。

半生のタイムカプセル

「終活」は体力のあるうちに始めたほうがいい、とあちこちで耳にする。とはいえ、人生百年という可能性も大いにあり得る今の時代、もし自分もそのくらいまで生きることになったとしたら、あと四十年以上ある。そんなにあるのにもう始めていいのか。だがこの先家族が増える可能性はきわめて低いので、とりあえず一人で始末できる暮らしを心がけていくべきなのだな、などと思ったりする。

とはいえ油断しているとついつい滞ってしまう。本や雑誌は最も要注意物件だが、衣類なども処分するタイミングが難しく、古くなった服は部屋着にと取っておくと、いつしかクローゼットは部屋着ばかりでどんよりした雰囲気に。それでも私の部屋はものが少ないほうだと思っているが、それは実は一つの部屋をまるまる「押し込め部屋」にしてなんでもかんでもひとまずそこに放置しているからこそ。そしてその「押し込め部屋」こそ、断捨離の一番のターゲットとなるべき場所なのであった。本、雑誌、DVD、CD、写真、着物、暖房器具、健康器具、楽器、客用布団、食品ストック、いくつものスーツケース等々。どれも必要な気がするが、よく考えたらもっと整理できそうなものだ。なかでも物入れの一番下の棚にあるプラスチックケースは、何十年も手を付けていないパンドラの箱。中に入っているものはなんとなくわかっている。そしてその中のものを整理できたら、この部屋の整理整頓が軽やかに進みそうな予感が。秋の訪れとともに断捨離への意欲も高まったところで、いっちょその箱を開けてみるか、といよいよ思い立った。

中から出てきたのは、いろいろな紙切れや地図、ノート。それらは、二十代のころの海外旅行の断片だった。地下鉄の切符や、砂糖の包み紙、お菓子のパッケージ、美術館や芝居のチケットの半券。買い物のレシートや、レストランのメニューなども。正直、それらの昔の旅遺産を見て、懐かしいとか、嬉しいとか、わくわくした気持ちがあるかといえば、そうでもない。だからどうした、というのが感想だった。今見てもこれといった感動がないものならば、処分していいのではないか、とゴミ箱行きに選り分ける。そして次に木綿のきんちゃく袋をとりだすと、中から出てきたのは数冊のノートだ。それらは、特に気合の入った特別な旅につけていた旅日記。ノートの厚さや大きさもまちまちで、パラパラと開いてみると、一冊のノートにみっちり書かれたものもあれば、いくつかの旅がまとまって一冊に書かれているものもある。一番古いものは、仕事で中国にでかけた二十三歳の時のもので最後は三十歳の時の母親とのスイス旅行のようだ。ドラマのロケでニューヨークに二か月ほど滞在した時のもの、友人たちとタイやバリ島、イタリアに旅した時のもの、本を書くためにメキシコに取材に行った時のもの、チンパンジーに会いに行くというドキュメンタリーで半月ほどアフリカでキャンプした時のもの。さてこれらの日記はどうしたものか。取っておくべきか。それとも……。

そもそもなぜ旅日記をつけようと思ったのだろう。いつか読み返して懐かしみたいとでも思ったのだろうか。今日記を読んでみても、ああこの時はこんな雰囲気だったかも、とは思うのだが、ほとんどは覚えていない。さらに文章もまとまりがなくて読みにくく、気合の入った旅のわりに内容はたいしたものではない。つまり、どうってことない日記なのだ。

6月9日

宿の電気が停電してシャワーが使えない、という報告を聞いてガックリ。うなだれてうろうろ歩いていると、宿の向かいに住んでいる26歳のチャキチャキした奥さんが、裏の旅社《リュウシャ》のシャワーまで案内してくれた。私が出てくるまで外で待ってくれて、そのあと家に招待してくれて、お茶までごちそうになった。なんだかとてもうれしかった。

こんな調子。なんだか目覚め間近にみた夢日記みたいだ。これは二十三歳の時、中国の雲南省に向かう途中、ニンランケンの小さな町での出来事。とにかく大変な旅だった、という記憶しかなく、シャワーもなかなか浴びることができず、体を洗える日がなにより嬉しかった、という旅の印象と一致する内容。旅社とはあちらの宿屋のことだ。でも、外で見張ってくれたりお茶をご馳走してくれたりした二十六歳の奥さんのことはまったく覚えていない。

11th July 雨のち晴れ

Aちゃん、Mちゃん、Tとグルーミング（原文ママ）デールズで買い物。シーツ、香水、Tシャツなど買う。大荷物。恥ずかしい。それを持ったまま〝DIE HARDER〟を観た。お金はかかってるわ手に汗握るアクションシーンは盛りだくさんだわで大満足！　その興奮をひきずったまま、5thAveまで歩き、プラザホテルでお茶を飲もうと意気込んで行けば、〝きちんとしてない服装お断り〟の札。くそー、と悔しさを飲んで、「今度きちんとして来てくれる！」と皆で心に誓い、ニューヨークデリで軽い夕食。その帰り、ばったりOさんに会う。とても元気で若いのである。若者四人、圧倒され、しみじみと私たちも頑張らねば、と語り合い、ホテルまでテクテク歩いて帰った。

これは二十五歳の時のニューヨークロケの日記。ブルーミングデールズをグルーミングデールズと思っているあたりが初々しい。Oさんとは先輩俳優で、かなりご高齢と思っていたが、たぶん今の私より若いと思う。このニューヨーク日記は、バブル時代全盛で、そういう意味では、全体的にイケイケ感が漂って可笑しい。テレビドラマのロケで二か月も海外に滞在し続けるなんて今では考えられない。同い年の出演者が多くて、撮影のない日も多く、みんなで本当によく遊んだ。

5月29日（月）

寝台車1172のAとBをTさんとシェア。一等車なのにシートはズタボロ。洗面台はあるが水は出ず。とにかく暑い。ゆでダコ状態。揺れる揺れる。夜七時半頃、係のひとが夕ご飯の注文を取りに来る。毛布の配布。ズタボロ。Yさんの車室から都はるみの「さよなら列車」。自分のテープは聞く気にならない。風邪は良くなるのだろうか。なにも考えられない。こういう時はマインドワープ。自分はここにいないと思う。しかし馬に乗っているような揺れ。夕飯は九時半到着。チキンの蒸したのにちょぴっとの野菜。ビタミン飲む。廊下ではずっとスワヒリ語。ようやく涼しくなる。水スプレーで洗顔。水の出ない洗面所で歯磨き。クラブソーダを飲んでさっぱりする。壁の扇風機はまわらず。

二十九歳。アフリカロケ日記。ダルエスサラームからキゴマまで二泊三日の列車移動。旅の途中で体調を崩して辛かったうえ、とにかく揺れた。列車の日記は揺れに関する記述が多い。

いずれの日記も、ただダラダラと書かれた駄日記で、内容も覚えていないことのほうが圧倒的に多いが、その文字は紛れもなく私のものであって、なんだか別の世界にもうひとり自分がいたような、ちょっと不思議な気分だ。

蓋を長い間開けなかったのは、たぶん、旅遺産の紙たちや日記が、いつの日か宝物になる時がくると思っていたからかもしれない。でも、それらはただの紙切れで、日記の文字もまだ今の自分と変わらなくて、懐かしいと思うにはまだ少し生っぽいのだった。

二十代の旅はどれも希望と不安に満ちていて、どの瞬間も宝物だった。だからそれで十分なのではないか、と終活気分の私は思う。旅日記は捨ててもいいかな、とも思ったけれどそれらは、たった靴箱ひとつ分。還暦のころ、また開けてみて、その時こそ処分するのもいいかな、と結局もとの棚の一番下にしまい込んだ。押し込め部屋の片付けは、別のところから始めよう。

どうでもいいはなし

電車で化粧する女性を初めて見た時は、本当に驚いた。見てはいけないものを見てしまったという胸騒ぎ。もしかして徘徊か、と心配になったが、でも服はちゃんとお出かけ仕様だし。

女性は堂々としている。「見るなら見なさいよ」的な気迫が漲っている。それはつまり「見てんじゃねーよ」的なオーラも含まれているわけで、そんな気迫に圧倒されて、周りの乗客は見て見ぬふりをしなくてはならない。確かに気になる。元の顔からどんな顔に仕上がっていくのか見届けてやりたい。でも目が合ったら何かビームを送られそうで、ガン見は憚られる。そんなふうに、周りのひとびとの心を不穏に乱す行為が「車上メイク」にほかならない。化粧している姿は、鼻の下を伸ばしたり白目をむいたり、あまり人様に見せて美しいものではないし、本来ならこっそり施すもの。

時間がないから、といって済まされることではないだろう。時間がなかったから電車でおにぎり握ってます、というのと同じではないか。

美意識というのはひとそれぞれ、といってもつかみどころのないものだ。要は「いいと思うもの」「素敵と思うもの」へのときめきのようなものか。つまりその反対は「よくない」「素敵じゃない」となるわけだが、もしそんな意識の中に自分がいたとしたら、かなり居心地が悪い。私にとって車上メイクはまさにそれだ。だが化粧するのも、周りで見ているのも全然気にならない人もいるにちがいない。気にしなければいいのだろうが、自分が電車で化粧をすることになったら、と想像すると、もう、ほとんどパンツいっちょで電車にのっているのと同じくらい恥ずかしい。だから勝手に心がぞわぞわするのだ。化粧する姿をひとに見られたくないという自意識が過剰なのか、一旦家をでたら、外出先の化粧室で化粧直しもしない。青のりが歯についてないか確認するくらい。だからたいていボサボサでいるわけだが、私にとってはそのくらいが居心地いい。バッチリ決まっているのは気恥ずかしい。それも私の変な美意識だろう。そもそもやたらと化粧を施すと逆に妙な顔になるのが私の家系のようで、だからあまり触らないほうがいいのだ。かといってまったくの素顔でいるわけでもない。化粧していないように見えても化粧はしているし、「なんだ、化粧してない顔してしてるんじゃん」と思われるのも癪《しゃく》（どんな自意識だ）。しかしこれが仕事となると、化粧するのも仕事のうちと割り切って、人前でも化粧はする。仕事場では恥ずかしいことだらけだから、そんなことでピーピーいっている場合ではないのだ。仕事だったら電車の中でも化粧はできる。でも仕事じゃなかったら勘弁してください。

そんないらない自意識でヒリヒリしている私が、ビューティー問題に関していえば気になるところはまだまだある。見るからに異質な長いマツゲ。エクステというやつだが、あきらかに後づけで「あ、マツゲが長くなってますね」と周りも気づくわけですよね。それはいいのか。あえて、後づけしているのをアピールして楽しむ、という大きい意味でのコスプレの味も少々あるのか。化粧を落としてもマツゲが長い、というのは「楽ちん」だともいう。確かにビューラーであげたりマスカラをぬったり、そうした工程がないのは楽といえば楽かもしれない。でも、それって、そんなに面倒くさいものだろうか。さらにもっと原始的なつけマツゲはどうだ。私にとってつけマツゲは、舞台上における扮装のためのものとしか思えない。しかし普通にドラッグストアで売られているところを見ると、それなりの需要があるということなのだろう。そういった見るからに後づけギアをつけた女性を男性はどう思うのか。普通に全然気づかないというおめでたい男性もいるだろうし、それをわかってて可愛いんじゃない、と思うひともいるだろう。私の行く歯医者さんでは、施術椅子の前にテレビモニターが付いていて、いつも昔の「トムとジェリー」が再生されているのだが、そこに出てくる美人キャラクターの猫も鼠もバッサバサのマツゲをしていて、そのまばたきで男子がみんな悩殺される。もはや万国共通の伝統芸のようだ。似たところで昔から思っているものに底上げブラジャーも。どちらも結局はいつか真実を知られるわけですよね。その辺の瞬間をどう考えているのだろう。

しかし、いろいろなものを後づけできるのは、それなりに体力があるから。マツゲをつければ目の周りがシクシクするだろうし、底上げすれば硬くて背中がこるだろう。大人にはもうそんな無理はできないし、よく考えればそれらの風俗はまだ本能としての性を享有する、ある程度の年齢の女子が嗜《たしな》むものなのだった。老婆のエクステとかさすがにみかけないし。だから、私が気にすることはないのだ。好きに愉しんでもらえばいいのだ。ああ、気にしすぎてちょっと疲れた。

ただ後づけ問題で私が危惧するのは「それがなくなった時大丈夫か」という点。自分に関していえば「これがなければマジ死ぬ」というような、すがり続けなければならないものは、ないほうが気が楽だ。それにマジ死ぬレベルに必要なものって、そんなにないような気がする。実際問題としてその薬を飲まないと死ぬとか、日に当たると死ぬとか、命を守るためのものは絶対必要。それ以外のものでも、心を豊かにしてくれるもの、力をくれるものは生きていくうえで確かに必要といえば必要だ。エクステにしても底上げブラジャーにしても突き詰めればそういうジャンルのものだろう。でも、もし、そういうものが体から剝がされて、ありのままの姿になった時、その自分でも開き直れる、という覚悟はあったほうがいい気がする。

私のビューティー問題としては、新陳代謝の衰えのせいか、眉間に小さな脂肪の塊がポツリととどまってかれこれ一年経つが、一向に無くならない。誰もまったく気にしていないに決まっているが、自意識過剰、このところどうにも気になって仕方がない。自分でつついて中の脂肪をほじくり出したい衝動に駆られる。だがこの年齢でそんなことをしたら後で取り返しのつかないダメージになるのはわかっているので、おとなしく近所の皮膚科を訪れた。

待合室にはいろいろな施術に関するポスターが貼られ、チラシも置かれているのは、そこが美容外科を兼ねているからだ。施術についてのパンフレットを手にしてみると、巷で話題の美容整形のメニューと料金が記されている。イオン導入、プラセンタ注射、ビューティーカクテル（点滴）、ボトックス注射、ヒアルロン酸注入。大人には、エクステや底上げのようなわかりやすい外づけではなく、中入れで若さや美貌をキープする技がいろいろあるのだ。どの技も、そんなに驚くほど高額ではない。そして、そのパンフレットは気軽に試してみようかな、と思わせる親しみやすさがあった。しかし、これもまた「これがなければマジ死ぬ」というような、すがり続けるものになりえるものだと思うと、手を出す気にはならない。皺、結構。ほうれい線、ドンマイ。せいぜい眉間の脂肪の塊を取り去ってもらうくらいで、私は十分満足だ。

そういえば、「化粧」という戯曲がある。その芝居では主人公の旅役者が客席の方をむいたまま、セリフをいいながらひととおりの化粧をする場面がちょっとした見せ場となっている。もちろん旅役者だから、ナチュラルメイクなどと甘っちょろいものではない。白塗りに目張りもばっちり入れて、迫力のある顔が出来上がる。ぼんやりした素顔から異次元の顔が生まれてくるような、なんとも妖しい名場面だ。化粧をするほうも観るほうも、美意識と自意識の微妙なあわいを味わう。同じ化粧をする行為でも、場所と状況でこんなに印象が違うのだ。

美意識と自意識は背中合わせ、なかなか手強くて奥深いもの。行きかうひとの化粧や姿形をみて、つくづく面白いものだなあと思うのだった。でも車上メイクはやっぱり、はしたないでしょう。

住まいについて

今年はフィンランドと日本の外交関係樹立百周年。そんな記念すべき年に、私はフィンランドの親善大使のひとりに選ばれた。私とフィンランドのご縁はかれこれ十五年ほど前、フィンランドの山をトレッキングするというテレビのドキュメンタリー番組が最初だったが、その数年後「かもめ食堂」という映画の撮影でフィンランドの首都ヘルシンキにひと月ほど滞在した。ヘルシンキの夏は日本の夏に比べるとかなり気温が低く肌寒いほどで、都会でありながら空気も空も澄んでいて、ひとも多くなく、どこかのんびりして、とてもいいところだった。北欧のデザインは洒落ている、という認識はその頃から世間にあったけれど、実際に目にしたフィンランドデザインの家具や食器は、そこに流れる時間や、落ち着いて暮らすひとびとの生活にしっくりと馴染んでいた。フィンランドと日本には、自然を暮らしの中に取り込んでそれぞれの季節を楽しむ、という共通点がある。だからかどうかわからないが、フィンランドの家具や食器は日本の暮らしにも馴染むのだろう。

そんなこんなで親善大使のお披露目の会で訪れたフィンランド大使館。外国の大使館に足を踏み入れるのは、これまで政府観光局の窓口にビザをもらいに行く時くらいで、それ以外のエリアに入れていただくのは初めてのこと。異国の地でその国を代表する場所であるのが大使館であるからして、その国らしい家具、調度品で設えられているのだろう、と楽しみにでかけた。

南麻布に立地する大使館の、門の向こうはいきなり広々とした車寄せスペース。そこを横切った先にある正面玄関は、派手派手しい飾りはなくすっきりとしていて、どこかの小ぎれいな会社のエントランスといった感じだ。しかし次の間に通されると、「はぁ〜」と静かな感嘆のためいきがでたのだった。いかにもフィンランドデザインといった大きな木製のペンダントランプが天井からさがり、木製の丸テーブルには座面がしっかりした布製のリボンで編まれた、ゆったりした椅子がセット。敷物はフィンランドのイメージカラーのブルーを基調にしたボタニカル柄の地厚なもの。コーナーテーブルには飾り皿と間接照明の小さなランプが置かれ、壁には大きいモダンな抽象画がひとつかけられていた。仰々しさはまったくないけれど、華やかで堂々としていて、それでいて居心地の良い空間。まさに私のイメージする、フィンランドらしいすっきりとした温かな設えだ。こんな部屋に住みたい、ここが私のリビングだったら、と目がハートになった。そして、本気になったら私の部屋もこんなふうにできるのではないか、と、ほとんど無謀な希望が胸に湧いてくるのだった。

インテリアに興味はあるものの、今の私の部屋は極めて殺風景と言っていい。基本的に家具はひとりで動かせる大きさ、重さのもの、地震が起きても倒れてこないもの、と揃えたら、いつのまにか単身赴任の仮住まい的な部屋になってしまった。もう六年も住んでいるというのに。そのかわり、ひとりで動かせる家具ばかりなので、しょっちゅう家具の配置換えをして気分を変えられるのが、いいところなのだが。

今の家に越してくる時、前に住んでいた方がきれいに壁紙や床材をリフォームしてくれていたが、どうもしっくりこないので入居前に改めて少し手直しすることにした。そこで相談を持ちかけたのが当時八十歳の我が父。今でこそシルバー人生も燻《いぶ》し銀を通り越して錫《すず》色だが、その昔はカナヅチ持って数々の家を建ててきた男。その筋の知り合いに頼んだら安心だし、ひょっとしたら少し安くできるのでは、と期待したのだった。すると父親はふたつ返事で知り合いに声をかけてくれ、壁、床、キッチンのリフォームの話が進んだ。だが職人さんたちが父親の知り合いだということで、見積りは何となくあったものの、契約書や計画書みたいなものは一切なかったのが、後々厄介なことになるのだった。なんというか、ボンヤリ始まってボンヤリ終わってしまったというか。たとえば、孫が生まれたから工事を一時休止したいと言われ、父親の仲間だし、まあ、お爺ちゃんとしていろいろやってあげたいこともあるのだろう、と、はいはいどうぞ、と了解した。一時休止したのは洗面所の棚。その棚は寸法を測るために一度すっぽり抜かれ、新しい棚ができるまで、と再びすぽっとはめ込まれた。すぽっとはめ込まれただけなのでぐらぐらしていて、扉を力強く引くと棚ごと抜けそうだ。そしてなんとその一時休止の工事は未だ再開していない。それから月日は流れ、あの時生まれた孫はそろそろ小学校に入学する頃では？　光陰矢のごとし……。などと悠長に感心している場合ではない。このまま洗面所の棚脱落の恐怖に怯えたまま暮らしていていいのか。

さらに衝撃的だったのは、既存の床材の上に新しい床材を敷いたので、床暖房が全く利かないこと。既存の床を剥がすと大量のごみが出るから、ということだったが、素人目に見てもちょっと無謀だろう、と思って「それで暖かくなるんですか」と聞いたら「大丈夫だ」と言う。しかし新しい床が張られた後、床暖房をマックスに効かせても、なんとなく人肌か？　といったくらいにしか暖まらない。「どーゆーつもりなのよ。どーしてくれるのよ。さあ、早くやり直してよ！」と、暴れてもよかったのだろうが、もう一度この家の床を全て剝がしてやり直すことを考えると、ちょっと気が遠くなったので、もう床暖房は無いものとして生活してゆく道を選んだ。もともと床暖房なんて贅沢品。東京の冬は年々気温が上がっているし、部屋の日当たりは最高にいいし、へっちゃらだ、と。しかし実際、昼間は暖房いらずだが、真冬のしばれる夜などは、この足元が床暖房だったらどんなに幸せなことだろう、と涙目になる。だからといって、暴れるタイミングもなんとなく逃してしまったし、じゃ、今から新しいリフォーム会社を探して、家具をみんなどけて、という気力もなかなか湧かない。

そんなこんなでもう六年。この中途半端な仕上がりは、暴れなかった私にも責任はある。今年八十六になった父親はじめ工事に携わった爺さまたち相手に、今更思い出したように「あれ、どーなってるのよ」と詰めよるのも気の毒だろう。しかし、よく考えたら一番気の毒なのは私？　そして思い出した。もう二十年近く前、人生初めての一軒家を建てる時も、父親関係の爺さまたちに頼んで工事を始めたことを。その当時も、話が通じるような通じないような、ファジーな雰囲気で工事は進み、そして家が完成した。なぜ、同じことを繰り返してしまったのか。それは都合の悪いことはきれいさっぱり忘れてしまう私のとてもいい性格のせいだと、言い訳したい。

ぐらぐらの棚に目をつぶり、床暖房も無かったことにして過ごした間にも、私は私でいろいろ家に愛情をかけてきた。少しずつ時間をかけて部屋を作っていく、いわゆるDIY的な活動にも挑戦した。見よう見まねで部屋の壁にペンキを塗ったり、壁紙を貼ったり、戸棚や引き出しなどの取っ手を気に入ったものに取り換えたり。しかしその時の思いつきでやっているので、トータル感がいまいちない。床暖房恋しさに、やけになって冬は炬燵《こたつ》を導入したりして、さらに微妙な世界観に。

そうこうしているうちに目につくようになったのが、高齢者用のケア付きマンションの広告だ。温泉はあるわ、プレイングルームはあるわ、レストランもついている。やっぱり最後はこういうところで暮らすのが、一番安心なのではないか、などと考えたりするが、そういうところの住まいは究極のミニマム世界。断捨離しまくって、最小限の持ち物で入居することになるのだろう。そう考えると、やれインテリアだやれファッションだとも言っている場合ではないのかもしれないが、とすれば、だからこそ今、現在、やりたいことはやっておかなくては、と、当たり前のことを思ったりするのだった。やりたいことってなに？　やっておかなくてはならないことって？

フィンランド大使館風の部屋の前に、まずは洗面所の棚の固定かも。

今、スキー

　ここ数年、春スキーに出かけている。

　バブルな青春時代、ユーミンや映画の影響でスキーはものすごく流行ったが、その時私がスキーにはまることがなかったのは、そのだいぶ前、姉に生まれて初めて連れて行ってもらったスキーが、惨憺《さんたん》たる経験だったからだ。何が楽しいのかさっぱりわからなかった。子供のころからスキーをやっていた人にしてみれば、板をはいて雪山を滑降することなど、へでもないのだろうが、大人になってから始めるスキーは、不安と恐怖のほうが快感を上回った。さらに靴が重い。痛い。板も重い。そして寒いし暑い。スピードが出ないように股関節と膝にありったけの踏ん張りをかけた板は大きなVの字のまま、どこまでも斜面を横切り続けた。サラサラと自分を抜いていくひとたちとは、フォームもスピードもあきらかに違う。スキーはあのスピードが面白いのだろうに、それを出ないように制御している時点で間違っている。その後年、果敢に何度か挑戦してみたけれど、全身なんの防具もつけず、コントロール不能の状態で、自動車並みのスピードで滑降するという恐ろしい遊びに、ついに私は熱狂することができなかった。

二十代のうちに一応スキーを経験し、向いていない、と自分の中で納得がいったので、その後二十年以上スキーをはくことはなかったが、それが、ひょんなことから再びスキーを始めることになった。その時のスキー場がホテルと直結していたこと、おまけに温泉付だったことが大きい。

二十年以上もスキーをはかない人間が、果たして板をはいて雪上に降り立つことができるのか。全身レンタルで固めた私は、周りのひとに助けてもらいながらなんとか平地をスキーで移動することができた。感触としては、「ああ、ああこんな感じ」。水泳や自転車と同じで、スキーも一度体で覚えたことは忘れないのだ。おっかなびっくりリフトにも乗れた。お天気もよく、雪景色も美しく、気持ちいい。なんとか無事にリフトを降りて、いざ滑降である。思ったより角度がある。ゆっくり滑り始めた私のスキー板は条件反射的にVの字に、そして体の記憶通りどこまでも斜面を横に移動していく。向きをかえるのも毎度決死の覚悟だ。ビュンビュンと後ろから抜かれ、スノーボードのグループがガリガリとその合間にやってくる。緊張と殺気を全身に漲らせ、汗だくで下まで滑る。下手なひとほど力が入って疲れる、という典型だ。すでにお尻の筋肉も痛い。久しぶりのスキーはやはり痛くて怖かった。それでもスキーのあとの温泉や美味しい食事は格別で「スキーは辛いだけではない」ということも知った。その後、毎年同じ時期に同じスキー場に集い、スキーに興じるようになるのだが、なにしろ年に一度の二泊三日なのでレベルの進展がほとんどない。去年のスキーを思い出したと思ったらもう東京に帰らなければならない。スキー教室に入ったりもするが、二時間のレッスンくらいではなかなか上達まで至らない。

何年通ってもスキーは文字通り必死だけれど、ホテルは定宿になりつつあって「喫茶店が改装したね」とか「お料理が美味しくなってるね」など、生意気なことを言うようにもなった。そしてここ数年で、お客の雰囲気もずいぶん変わった。まず、近年どこの観光地でも感じるように外国人が圧倒的に増えた。私がそのスキー場に初めて訪れた時は、スノーボーダーもまだそれほど幅をきかせておらず、多くが往年のスキー愛好者といった感じでどこか落ち着いた雰囲気だった。外国人もほとんど見かけなかった。そのうち、じりじりとスノーボーダーが増え始めると、ロシア語や中国語をぽつぽつ聞くようになり、それから年を追うごとに言語の数もひとの数も増え、今年は、日本人は私たちだけでは？　と思うくらい割合が反転している印象だった。

驚いたのはホテルの温泉だ。ゲレンデに外国人観光客の姿をよく見るようになったとはいえ、これまで大浴場で彼らに会うことはまずなかった。それが、今年は今まで見たことがないくらいコスモポリタンな浴場になっているではないか。同じアジア人でも、裸の振る舞いから日本人ではないな、というのがわかるし、小さな子供連れの金髪の家族とか、延々と水風呂に浸かっている南方のひととか、ひたすらサウナに入っている大柄なひととか、あきらかにこれまでの大浴場とは雰囲気が異なっていた。特に西洋人は、公共の場で裸になることに抵抗がある、という話をまことしやかに聞いていたので、ジロジロ見てはいけないと思いながら、時々横目でどんな感じで湯船に浸かっているのか観察してしまった。どんな感じもこんな感じもない、われわれと同じように、気持ちよさそうに、しかしなるべくほかのひとに干渉しないように、静かにお行儀よく入浴していた。日本にやってくる外国人が増えたのは観光地に限らず普段から実感しているが、東北のこんな山奥のホテルの大浴場にまで及んでいるのには驚いた。知らないひとたちと風呂に入るという、日本古来の文化の壁も外国人は今や軽々と越えることができるのである。そうなると、記憶のないころから温泉に入ってきた筋金入りの温泉国民として、公衆浴場におけるお手本となる振る舞いをお見せしなくてはならないだろう、と勝手に義務感がわいてきた。確かに、体を洗ってから入浴、という基本ルールは皆さん心得ていらっしゃるようだが、正しい風呂道としては、仕舞いが意外と大事だということに気づいていない様子。使い終わった桶や腰掛も無造作に放置したままだ。次のひとも気持ちよく使えるように。ここまでできて初めて温泉文化を理解したことになるのだ。と、私は湯船から上がると、威厳をもって（これ見よがしに？）腰掛を湯で流し、湯の入った桶と腰掛を手に、堂々と出口に向かった。そして出口脇のスペースに腰掛をゆっくり戻し、桶の湯で足元を流すとそれを腰掛の脇に伏せて置き、手ぬぐいでパパンと全身を拭った。そしてのっしのっしと大浴場をあとにしたのだった。力士のような神々しいそのデモンストレーションを見てくれていた外国人はいただろうか。温泉に入りにくる外国人はこれからもっと増えるだろう。諸外国人のくつろぐ大浴場を見て、大切な日本の温泉文化を楽しんでもらうためにも、われわれはこれまで以上にお手本にならないといかんな、と、日本人らしい真面目なことを思った。私たちも外国のデリケートな文化を体験する際、なるべく失礼のないように気を付けねば、とも。

温泉といえば、三十年ほど前、中国の雲南省の村の温泉に入った時は、そのワイルドさに圧倒された。その温泉は掘られたのか、もともとの地形なのかわからないが、のどかな村の一角にあった。地面の深く窪んだところに、土やコケのようなものが浮いたお湯がゆっくり流れて自然に入れ替わっていくいわゆる〝かけ流し〟。洗い場も脱衣所ももちろんなく、ただ入る。お湯の澱《よど》みは少し気になったけれど、それまでの旅路でそんなものはたいしたことではなくなっていたし、お湯がどんどん流れていくので、洗濯における注水濯《すす》ぎ的な気持ちでおとなしく浸かっていた。ひょっとしてあの温泉にもマナーがあったのかなあ。地元のひとに会わなかったので謎のままだ。そして湯上がりもさっぱりしたというよりも、ミネラルに浸かった、といった感じ。

さて、スキーに話は戻る。これまで年にたった一度のことだからと、全身レンタルで済ませていたが、今年初めて神保町でヘルメットとゴーグルを購入した。近年ゲレンデを冷静に見まわすと、ヘルメット着用のスキーヤーのなんと多いこと。上手なひとが頭を守っているのに、全身ボーゲンな私が頭丸出しというのはいかがなものかと。

そしてそれは全身ボーゲンなりにようやくスキーに心を許したということでもある。スキーの楽しさがようやくわかりかけてきた。ここまでくるのに約四半世紀。何事も急がず気長に。毎年少しずつでも上達して、八十すぎてもゲレンデの喫茶店でお汁粉を食べているような、カッコいいスキーヤーになっていたい。そのころにはできればV字は脱却していたい。ホントきついから。

山歩きへ

私の山歩きへの憧れは、依然として憧れのままだが、そちら関係の本を読んだりテレビの山番組を観るたびに、山に登るのは並大抵のことではない、とつくづく思い知らされる。京都に行くみたいに「そうだ 山、登ろう。」とはいかない。皆さん日頃から、何くわぬ顔で鍛えているのだ。山に登るひとにとってはそれが当たり前のことだから、表立って「いやあ山に向けて鍛えてるんですぅ」などニヤニヤしながら公表したりしない。山も海もそうだけれど、人間の及ばない領域にまで踏み込もうとすれば、それは命を懸けることになる。山に登るひとが皆そこまで覚悟しているのかわからないが、最終的に自分の命を守るのは自分、という覚悟があれば、真面目に鍛えようという気持ちになるのは自然なことだろう。しかしまた怖いのが、鍛えていれば大丈夫、とも言えないことが、自然と遊ばせてもらう時には起こりうること。え、こんなところで？　という局面で、山から滑落したり、海でおぼれたりするのだから。油断は禁物。

ちょっと前に屋久島へのツアーに参加した時のこと。参加者は二十人くらいだったか、ほとんどが私よりも先輩のご夫婦やお仲間同士で、おひとりさまは私と八十二歳の男性だけ。ご存じのように、屋久島は三百六十五日の内、三百六十八日雨が降ると言われている亜熱帯気候。一日のうちに降ったりやんだりして、一日中晴天というほうが珍しいことなのだ。

その時も朝から曇ったり小雨がぱらついたりお天気は目まぐるしく変わったが、見どころのひとつである二代大杉を見に山の中腹までバスで向かう頃には本格的な雨になった。私たちはバスの中で雨具を着ると、表に出てガイドさんの注意をよく聞き、気を引き締めて出発した。出発点となる小さな橋を渡るとすぐ、大きな丸い岩そのものの上をしばらく歩く順路になっていた。濡れた岩肌が滑らないか心配だったが、その岩は濡れたほうが滑りにくくなる、とガイドさんは言った。ホントかと思ったけれど、ちょっと安心してその大きな岩の盛り上がった表面に慎重に足を置いて進んだ。二つのグループに分かれ、私は先発のほうだったのだが、出発してすぐ、後発グループのワサワサしている気配に、私たちは足を止めた。後方を振り返りワサワサしている後発グループのその視線の先を見やると、ガイドさんが出発点である小さな橋と岩の継ぎ目のあたりにしゃがんで下を覗き込み、今まさに降りて行かん、というところだった。あたりは緊迫していた。誰かが橋の下に落ちたのだ。私は「おじいさんだ」とすぐ思った。でもおひとりさまのおじいさんは私の隣にいた。

「あらなに落っこちたの？　おっかないわねえ」

と三人組のおばさまのひとりが無邪気に発言。おばさまの声のトーンがあまりにあっけらかんとしていたので、私は今この状況が深刻なのかそうでないのか一瞬わからなくなった。しかし私たち先発グループのガイドさんも先頭から濡れた岩の上をダッシュで橋のたもとへ駆けつけた。そこには顔面蒼白の男性と緊張しているツアーコンダクターの女性。どうやらその蒼白の男性の奥さんが落ちたようだ。私たちは雨に打たれながら呆然とその光景を見ていた。参加者全員に配られていた無線のイヤホンガイドから「連絡、連絡」「救急車」「ジムショ」といった緊迫した会話がすべて聞こえていた。どのくらいの深さへ落ちたのかわからないが、あたりは岩場だし、落ちる時に打ちどころが悪ければ最悪の事態になりかねない。私たちがいたのは標高六百メートル。うねうねとした山道を、そうすぐには救急車もこられない。しばらく私たちは雨に打たれながらぞわぞわと不安な時間を過ごした。その脇をビーチサンダルに短パン、ビニール袋をカッパにした外国人観光客の家族連れが通り過ぎた。橋のたもとではイヤホンガイドのマイクをオフにして、我々グループのガイドさんとツアーコンダクターの女性が何やら相談していたが、どうやら結論がでたようで、濡れそぼる私たちのところにやってきた。今日のツアーは中止にちがいない。

「すみません、大人数になりますけれども、ひとグループでお願いします。ガイドさんひとりになります」

って、続けるんかい！　ツアーコンダクターさんと橋の下に降りて行ったガイドさんと蒼白の夫を残し、私たちは神妙な面持ちで、ぞろぞろと岩の上を再び進みだした。女性が落ちた橋と岩場の繋ぎ目は、山に慣れない私や八十二歳の男性もクリアできたくらいだから、そんなに難しいところではなかったはず。きっとちょっとしたバランスの崩れや一瞬の判断違いでこのようなことが起きたのだろう。先頭のガイドさんは、皆さん気を付けていきましょう、と笑顔で声をかけたが、その肘に血が流れていたのがどうにも生々しい。その後の雨の中のハイキングはもうなんというか、修行、訓練、みたいな気持ちで必死だった。次にコケるのは自分かもしれない、こんなところで怪我をして後にも先にもゆけない状況になったらどうなるのか、と雑念が頭のなかに渦巻いて、フィトンチッドの森林浴どころではなかった。なんとか無事にハイキングを終え、ホテルに向かうバスの中で報告があった。落ちた女性の命は無事だけれど、頭を打っているので検査もかねて二、三日屋久島の病院に入院すると。テレビや新聞でみる山や海での事故のニュースはひとごとだと思いがちだけれど、そんなことはない、それらは私たちのすぐ隣に、と実感したのだった。

そんな強烈な出来事もあって、私は山にたいして妙に慎重なのだ。山に入っていくことは命懸けなのだ、と生真面目に考える。でもそんなふうに人間はほんのちっぽけな生き物だと気づかされる自然との遊びは、だから魅力的なのだろう。老後の脚力のことを考えて毎日スクワットを六十回している以外、体を鍛えているわけでもない私が山歩きに参加するには、当然それまでに徐々に体を整え、経験を積んでいかなければならない。ならば、と私は手始めに大手旅行会社の主催する、日帰りウォーキングのツアーに参加することにした。長野県の立科《たてしな》近辺のトレイル約五キロを歩くコースだ。

旅行会社から送られてきた持ち物チェック表と注意喚起のプリントを真面目に読む。そのチェック表には、〇日帰りから一泊は二十〜三十リットルのリュックサック〇予備の靴紐と靴下〇ヘッドランプ〇防寒着〇レスキューシート〇地図、コンパス、などと書かれていて、ウォーキングとはいえ山に入るということはこういうことなのか、と気が引き締まった。自分の持っているリュックは十四リットルが最大だったので、慌ててアウトドア用品店にでかけ「冬もでかけるつもりなら荷物がふえるので二十五リットル位がいい」と店員さんに薦められ、購入。そのリュックは意外に大きくて、日帰りでもこんなに荷物をつめるのかぁ、とまた緊張。だがそのピカピカのリュックにチェックした荷物をすべて入れても結構余裕がある。これが冬になるとパンパンになるのかなぁ、などと妄想してまた緊張。

当日、総勢三十人ほどの参加者は皆さんこなれたアウトドアのいでたちだったが、サンバイザーに長靴的なものを履いた、下町の喫茶店のママみたいな女性もなかなか健脚で油断ならない。このママの小さなリュックにヘッドランプやレスキューシートが入っているとは思えない。余裕だ。老若男女の一群は高原を歩き、山道をかすめ、植物の芽吹いたのを発見しては喜び、初夏の山の景色を楽しんだ。

私は歩くのに必死だったけれど、お天気も良く、爽やかで、フィトンチッドをたんまり浴びた。山歩きの始まりとしては上々な一日だった。新入生のランドセルみたいにピカピカなリュックと買ったばかりの山用のシャツがほかのひととまるっきり被っていたのはちょっと気恥ずかしかったけれど、このリュックがいい感じにこなれてくるくらい、山を歩けたらいいなあ、と帰りの渋滞のバスの中で思った。ヘッドランプもレスキューシートも出番がなくて本当に良かったよ。

初夏ノ日君ヲ送ル

猫のホイちゃんが、今まで聞いたことのない、怪しいくしゃみのような咳のようなものをするようになったのは、空気が温んできた三月の末頃のことだった。もともと慢性の副鼻腔炎で、粘性の強い鼻水がくしゃみとともにズビっとでることはよくあったけれど、それとは明らかに違う。風邪でもひいたのかな、もうすぐ十六歳だし、今までよりもっと住環境や体調の変化に配慮してやらないといけないなあ、と、加湿器を強にして、ヒーターの向きや寝床のホットカーペットの暖かさを確かめた。

ホイちゃんはその昔、公園の植え込みで野垂れ死にしそうなところを保護した猫だった。八月の暑い日、犬と公園を散歩していたら、子猫がひょこひょこ後をついてきた。犬も人も怖がらない。首輪をしていないけれど、こんなに警戒心のないところを見るとどこかで飼われている猫だろう、と子猫を交えた楽しい散歩のひと時をすごした。その子猫が植え込みでぐったりしているのを発見したのは、それから一週間ほど後のことだった。彼は野良猫だった。救わないという選択肢はなかった。当時我が家には猫二匹と犬一匹がいた。彼らとの相性もあるけれど、なんとかなるだろう、なんとかする、とその猫を家族にすることに決め、すぐ動物病院へ。そこで、おそらく生後四か月、体重二キロ、そして慢性の副鼻腔炎であると診断された。副鼻腔炎はかなり重症で、一生付き合っていかなくてはならないだろうと。実際、それから折あるごとに鼻と目の洗浄のため病院に通うことになる。

家族となった子猫はポイと捨てられていたので、ホイちゃんと名付けられた。ホイちゃんはイエネコになって、のびのびしていた。他の猫たちは生まれた時からイエネコ人生なので首輪はしていなかったが、ホイちゃんは先の見えない厳しい外での暮らしを生き抜いて、このたびイエネコとなった証として、小さな鈴のついた首輪をはめた。家の中で暮らすのに首輪はいらないだろうとも思ったが、これから我が家のイエネコとして幸せに、という願いもあった。なおかつホイちゃんは首輪を気に入っていた。家の中でチリチリ鈴を鳴らすホイちゃんは得意げだった。公園で初めて会った時から大きな犬にすり寄ってくるような大胆な猫だったが、先住の猫とも友好的な関係をすぐに築き、三匹で猫球になっているかと思えば、ハウスでくつろぐ大きな犬の懐に潜り込んで一緒に眠った。しかし、元外猫ゆえの免疫力の弱さということなのか、耳や目や皮膚にたびたび不調があらわれた。そのたびにホイちゃんは病院に通った。

推定一歳の誕生日を迎える頃、ホイちゃんは右目の手術のためひと月入院した。細菌性の結膜炎ということだったが、他にもいろいろ併発していた。なんでも瞬膜（目の球のふちにある白っぽい膜）と結膜の癒着、重度の結膜角膜炎とのこと。その瞬膜と結膜の癒着を剝離するための手術だった。目の手術！　あんな小さな目ん玉にメスを入れるなんて！　昔テレビドラマで観たのは、手術後、頭に巻かれた包帯をそろりそろりと解いていき、いよいよゆっくりと目が開かれ、「見える……私見えるわ……（涙）！」と家族抱き合って喜ぶシーンだが、退院の日、病院に迎えに行くとホイちゃんはすでに顔丸出しで目もパッチリ開いていた。けれども手術を受けた右目はそれまでよりやや小さくなっていた。手術前の目はクリクリして相当に可愛らしかったので、私はちょっと悲しかった。けれど、左右大きさの違う目を見開いて、私を認識している様子を見て、安心した。そして、左右目の大きさが違うにもかかわらず、こんなに可愛いとはいったいどういうことか、と思った。

それからも三匹の猫と一匹の犬たちは友好的に暮らした。ホイちゃんは特に先住犬が大好きだった。犬のお腹にぴったり背中をくっつけてよく眠っていた。たまに犬の肩や脇腹を丹念にマッサージしていた。またある時は、椅子の陰に隠れて高齢の猫が通るのを待ち伏せし、不意に襲い掛かる〝おやじ狩り〟に興じた。そのたびにホイちゃんの鈴はチリチリ鳴った。必殺仕事人ならさしずめ「鈴のホイ」といったところか。そんな犬猫四匹の平和な暮らしはしばらく続き、ホイちゃんが六歳になった年、最年長の猫が死んだ。その二年後にもう一匹の猫も。その猫たちの最晩年まで鈴のホイはおやじ狩りをしていた。本当にひどい話だ。当の本人も人間でいうと五十手前、立派なおやじだというのに。

犬とホイちゃん、ふたりっきりの至福の時間に、しばらくして新顔の子猫が加わった。そこから急にホイちゃんは貫禄がついてきて、いちいちまとわりつく子猫にどっしりと対応していた。鈴のホイも年貢の納め時のようだった。しかしそんな新しいコミュニティーもつかの間、人間の都合で彼らは離れ離れになることに。ホイちゃんと子猫は私と暮らすことになった。そして、どこからどう見ても立派なイエネコのホイちゃんの首輪は、もう外すことにした。

子猫がぐんぐん大きくなると、ホイちゃんはだんだんじいさんぽくなってきた。そして大きくなった猫によくおやじ狩りをされた。因果応報だ。ホイちゃんはやっぱり犬のほうが好きなのか、年の離れた雄同士ということもあるのか、この二匹の猫は取り立てて仲良しというわけでも犬猿の仲というわけでもなく、ときどきうっかり一緒に丸くなって寝て、目覚めてからハッと気が付いて寝床を飛び出す、といった〝野郎同士〟の関係だった。しかし、さすが弱肉強食の世界、ホイちゃんがじいさんぽくなるにつれて新猫が勢力を増し、ホイちゃんのために買ったフカフカベッドにいつの間にか新猫が寝ていたり、ホイちゃんめがけて照射したヒーターの前に新猫がどっしりと陣取っていたりした。ホイちゃんは年々小さくなっていった。

怪しいくしゃみのような咳のようなものは、深刻な気管支炎からくるものだった。心臓も甲状腺も悪くなり、副鼻腔の悪性リンパ腫もみつかった。しかしきょとんとしたホイちゃんは、まだまだ命輝く普通のじいさんだった。あとどのくらい生きられるのか、誰に聞いてもわからないだろうから、聞かなかった。薬をたくさん飲んだ。抗がん剤も打った。次の年の春を迎えた頃、長年の副鼻腔炎で眉のあたりの骨が溶け、血液がたまって膨らんだその右目の上を切開してガーゼを詰めた。それでもホイちゃんはどこか覚醒したようにキリっとしていた。その神々しさは新猫のおやじ狩りも寄せつけなかった。しかしだんだん体重が減ってきて、歩けなくなって、トイレに行けなくなって、ゴハンも食べなくなった。

点滴のために病院に通うようになって二日目の夜、ホイちゃんは死んだ。その日、夕方病院から戻ると、寝床の上でいつになく寝返りをたくさんうっていたが、気が付くと静かになっていた。眠っているのかと思ったけれど、胸騒ぎがしてそっと背中に触れてみた。触っても反応しない体はまだ温かかった。でもホイちゃんは死んでいた。半開きの瞼を閉じようとしても閉じなかった。私は、ホイちゃんの足に刺さったままのカテーテルの針を抜いた。細い首には、かつてイエネコの仲間入りをした時につけた首輪の跡がまだついていた。

翌朝、動物霊園での火葬には、その日偶然にも私の家に泊まりに来る予定だった姉と、私が仕事で家を空ける時にホイちゃんを見てくれた友人らが同行してくれた。姉は動物を飼ったことがなく特に動物好きというわけでもないのに、私の留守中に家に泊まり、ホイちゃんに薬を飲ませたり、ゴハンを食べさせてくれたのだった。そんな姉がひとりだけ真面目に喪服を着て数珠を持っているのが、なんだか可笑しくて、悲しくて、ありがたかった。

火葬場の人は始終丁寧で親切だったけれど、ホイちゃんの火葬炉の名前の札が「小林フォイちゃん」となっていて、いつ訂正を申し入れたものか悩んだが、点火されてほどなくやんわりと間違いを伝えると、とても恐縮していた。皆で笑った。

ホイちゃんが骨になるまで、外をプラプラ散歩した。風が吹いて、どこもかしこも五月の美しい緑だった。

おわりに

二〇一四年に始まった連載が、五年経って一冊にまとまった。あらためて読み返してみて、五年という月日は、世の中のいろいろなこと、そして人間の考え方や順応性にまで十分に変化をもたらすのだな、という感慨ひとしおだった。今となっては、どうでもいいようなことにまでいちいちこだわって筆圧をあげているのを読んで、これ、ホントに自分が書いたのか？ とひとごとのように眉をひそめることも。自分の芯のなさをあらためて思い知らされる。

私のケータイは、スマホにとって代わられた。ホットヨガはやめた。PDFファイルの結合は未だできないが、写真の整理は始めている。残念ながら石原裕次郎記念館は閉館、名古屋の蓄音機カフェも閉店したそうだ。年をとればとるほど時間の流れが速くなるというが、特に電脳関係の進化の速さは格別だった。それを、当時は苦手なもの、怖いもの、としていた自分が、今ではごく日常的にあたりまえのものとして受け入れていることに驚いている。電脳に怯えていた自分がずいぶん昔の人のようだ。それから、やたらと運動することにこだわっているのも面白い。それも五十代という、人生における初めてのステージに足を踏み入れた実感なのだろう。そして私は今、電脳だろうが車上メイクだろうが、まあ好きにおやりなさい、と人生で最も心が広くなっている。私はこの五年間で微量ながらも「学習」し、確実に成長（加齢？）している。

とりたてて人様に披露するには及ばない地味な私の日常を、ずいぶん頑張って五年間書き続けたと思う。先のことは考えず、目先のことだけでもなんとかしようと、つねに刹那なやり逃げ精神の賜物だ。しかし、逃げ切れることなく、ここに立派な一冊となってしまった。

出版にあたっては編集の菊地朱雅子さん、装丁の大島依提亜さんに大変お世話になりました。ありがとうございました。どうぞみなさまもお健やかに。

令和元年　蟄虫培戸　　小林聡美

この作品は二〇一九年十一月小社より刊行されたものです。

幻冬舎文庫

●最新刊
気になる占い師、ぜんぶ占ってもらいました。
さくら真理子

霊視、催眠療法、前世療法、手相、タロット、護符、覚醒系ヒーリングまで。人生の迷路を彷徨う痛女が総額一〇〇〇万円以上を注ぎ込んで、ついに辿り着いた当たる占い師の見分け方とは!?

●最新刊
ろくでなしとひとでなし
新堂冬樹

コロナ禍、会社の業績が傾いて左遷されそうな佐伯華は、売り上げが落ちた食堂を営む父に金を無心されていた。マッチングアプリで財閥の御曹司に狙いを定めて、上級国民入りを目指すが……。

●最新刊
意地でも旅するフィンランド
芹澤 桂

ヘルシンキ在住旅好き夫婦。暗黒の冬のフィンランドから逃れ、日差しを求めて世界各国飛び回る。つわり、子連れ、宿なしトイレなし関係なし！ 馬鹿馬鹿しいほど本気で本音の珍道中旅エッセイ！

●最新刊
私以外みんな不潔
能町みね子

北海道から茨城に引っ越した「私」。新しい幼稚園は、うるさくて、トイレに汚い水があって、男の子が肩を押してきて、どこにいても身の危険を感じる場所だった——。か弱くも気高い、五歳の私小説。

●最新刊
特別な人生を、私にだけ下さい。
はあちゅう

ユカ、33歳、専業主婦。一人で過ごす夜に耐え切れず、ツイッターに裏アカウントを作る。表で「普通の人」でいるために、裏で息抜きを必要とする人々。欲望と寂しさの果てに光を摑む物語。

幻冬舎文庫

●好評既刊

神奈川県警「ヲタク」担当 細川春菜2
湯煙の蹉跌

鳴神響一

被害者が露天風呂で全裸のまま凍死した奇妙な殺人事件の捜査応援要請が、捜査一課の浅野から春菜に寄せられた。二人は、「登録捜査協力員」の温泉ヲタクを頼りに捜査を進めるのだが……。

●好評既刊

ピースメーカー 天海

波多野 聖

僧侶でありながら家康の参謀として活躍した天海。江戸の都市づくりに生涯をかけた男の野望は、乱世を終え、天下泰平の世を創ることだった。彼が目指した理想の幕府（組織）の形とは。

●好評既刊

しらふで生きる
大酒飲みの決断

町田 康

名うての大酒飲み作家は、突如、酒をやめようと思い立つ。数々の誘惑を乗り越えて獲得した、よく眠れる痩せた身体、明晰な脳髄、そして人生の寂しさへの自覚。饒舌な思考が炸裂する断酒記。

●好評既刊

黒いマヨネーズ

吉田 敬

後輩芸人に「人生はうなぎどんぶり」と説き、なぜ「屁」が笑いになるのかを考察し、ドローン宅配されるピザの冷え具合を慮る……。天才コラムニスト・ブラマヨ吉田敬の猛毒エッセイ58篇！

●好評既刊

新しい考え
どくだみちゃんとふしばな6

吉本ばなな

翌日の仕事を時間割まで決めておき、朝になってたらめで一日を過ごしてみたり。ルーチンと違うことを思いついた時に吹く風が、心のエネルギー。

聡《さと》乃《の》学習《がくしゅう》

小林《こばやし》聡《さと》美《み》

令和4年2月10日　初版発行

発行人――石原正康
編集人――高部真人
発行所――株式会社幻冬舎
〒151-0051東京都渋谷区千駄ヶ谷4-9-7
電話　03（5411）6222（営業）
　　　03（5411）6211（編集）
振替00120-8-767643

印刷・製本―株式会社　光邦

装丁者――高橋雅之

幻冬舎文庫

ISBN978-4-344-43164-5　C0195　こ-1-12